필라멘트

바일갈 019

프라이멀

이병승 장편소설

서유재

차례

진구, 터지다

겉모습은 어느 동네에나 있을 법한 흔하디흔한 치킨집인데 실내 풍경은 좀 색달랐다. 엘피판이 벽면에 빼곡하게 꽂혀 있었고 비싼 진공관 앰프와 턴테이블도 있었다. 진구는 치킨집 주방에서 닭을 튀기고 있는 아빠의 구부정한 뒷모습을 보고 있다. 아빠는 말을 잃어버린 사람 같다. 오디오 회사에서 일하던 아빠는 퇴직금으로 치킨집을 차렸다. 엘피 레코드를 틀어 주는 이상한 치킨집이었다.

> 내가 처음 너를 만났을 때 너는 작은 소녀였고
> 머리엔 제비꽃 너는 웃으며 내게 말했지
> 아주 멀리 새처럼 날고 싶어 음~ 음~

"아빠, 이건 무슨 노래야?"

"〈제비꽃〉."

아빠는 짧게 노래 제목을 말해 주고 튀겨 낸 닭을 상자에 담았다.

진구는 그 상자를 비닐봉지에 담아 가게에서 나왔다. 오토바이에 걸어 둔 헬멧을 쓰고 시동을 걸었다.

진구는 다시 한번 뒤를 돌아보았다. 아빠가 빈말이라도 배달 같은 건 그만두고 공부나 열심히 하라는 말을 해 주길 바랐다. 하지만 아빠는 아무 말 없이 닭만 튀길 뿐이다.

배달 오토바이를 타고 골목을 달리고 있을 때 진구의 휴대폰이 울렸다. 진구는 오토바이를 멈추고 휴대폰을 확인했다.

액정에 '악마'라는 이름이 떴다.

규철이다.

진구의 손이 파르르 떨렸다.

진구가 다리 밑 공원에 도착했을 때 규철이는 두안, 건우, 현준, 근영이와 함께 있었다. 그들의 그림자만으로도 진구는 심장이 쿵쾅거리고 숨이 가빴다.

"왜 이렇게 늦게 왔어?"

규철이가 주머니에 손을 찔러 넣은 채 말했다.

"최대한 빨리 온 거야. 자꾸 신호에 걸려서…… 자, 먹어.

방금 튀긴 거라 맛있을 거야."

진구가 배달할 닭을 내밀자 규철이가 발로 걷어찼다. 치킨 박스가 찌그러지면서 튀긴 닭이 바닥에 쏟아졌다.

"누굴 거지로 아나? 누가 이딴 거 먹는데?"

"그, 그럼?"

"아직도 그런 걸 묻냐? 우리가 지금 스트레스가 너무 많이 쌓였거든. 이건 무조건 너한테 푼다고 했잖아."

규철이가 눈짓을 보내자 아이들이 진구를 둘러쌌다. 두안이가 주머니에서 검은 비닐봉지를 꺼내 진구의 머리에 씌우더니 진구의 배를 주먹으로 때렸다. 두안이는 무지막지하게 애들을 패는 걸로 유명했다. 패다가 자기가 더 흥분해서 아무 데나 마구 때렸다. 두안이 때문에 응급실에 실려 간 아이도 있었다.

건우가 넘어진 진구의 옆구리를 발로 걷어찼다. 건우는 집이 부자였다. 자기 마음에 안 들면 일단 때리고 부순 다음 돈으로 해결하곤 했다. 전에 있던 학교에선 주차장에 세워 둔 선생님 차를 박살 낸 적도 있었다.

현준이는 알 수 없는 말을 중얼거리며 진구에게 발길질을 해 댔다. 현준이는 여자애들을 주로 괴롭혔다. 대놓고 소름 끼치는 짓을 해서 여자애들이 현준이만 보면 피해 다녔다.

진구는 꿈틀거리는 벌레처럼 바닥을 기며 비명을 질렀다.

맞은 것보다 훨씬 크고 고통스럽게 울었다. 그래야 조금이라도 덜 맞을 수 있다.

"열라 징징대네."

손거울을 보며 머리카락을 만지던 근영이가 담배에 불을 붙이더니 진구 머리에 씌운 검은 봉지에 구멍을 냈다.

"그, 그만해!"

진구가 울먹이며 소리쳤다.

"야, 재미없다. 가자."

규철이가 짜증 난다는 듯 일어났다. 규철이 패거리는 규철이의 뒤를 따라 걸어갔다. 진구는 바닥에 쓰러진 채 꿈틀거리며 소리 없이 흐느꼈다.

이른 아침 교실로 들어서던 진구는 멈칫했다. 휘가 칠판에 그림을 그리고 있었다.

옥상에서 추락하는 아이들을 그린 것이었다. 눈송이처럼 날리는 아이들의 등에서 점점 날개가 돋아나 땅에 부딪히기 직전에 날아올라 저 멀리 뭉게구름이 펼쳐진 하늘로 날아가고 있었다. 휘는 그림 밑에 '깜휘'라고 적었다.

"깜휘?"

"만화계의 까뮈랄까? 뭔가 만화가 이름 같고 일단 세 보이지 않냐?"

휘가 웃음을 머금은 채 돌아보다가 진구를 보더니 표정이 굳어졌다.

"또냐?"

"뭐가?"

진구가 멍든 목덜미를 손으로 가렸다. 동시에 휘가 진구의 손을 잡았다.

"가려도 보여."

휘의 시선은 진구의 팔꿈치를 보고 있었다. 빨갛게 긁힌 자국들이 선명했다.

"난 아무래도 너 때문에 이세계 먼치킨물을 그리게 될 것 같다."

"그게 뭔데?"

"눈 떠 보니 다른 세상이고, 주인공은 각성해서 초절정 절대 고수로 변해 있는 거야. 그래서 악당들을 가차없이 응징하는 스토리지."

"그래, 그런 만화 그려라. 꼭! 그리고 성공하면 크게 쏴라. 다 내 덕이니까."

"그게 왜 네 덕이냐?"

"나 보고 영감 받은 거 아냐? 내가 그런 주인공이었으면 하는 마음으로 그리겠다는 거잖아."

진구는 자기 자리로 가서 앉았다. 가방을 의자 등에 걸고 칠판을 보았다. 휘가 그린 그림이 마음을 파고들었다. 그래서 더 오래 쳐다봤다.

수업 시간에 진구의 뒤에 앉은 규철이가 커터 칼을 꺼내더니 진구의 가방을 슥슥 긋기 시작했다. 아이들이 힐끗거리며 규철이를 보았지만 규철이는 아랑곳하지 않았다. 사실 진구도 아까부터 눈치를 챘지만 차마 뒤돌아볼 용기가 나지 않았다. 뒤를 돌아본 순간 규철이가 얼굴도 그어 버릴 것만 같아서였다.

수업이 끝나자마자 진구는 가방을 어깨에 메고 일어났다. 순간 찢긴 가방 틈 사이로 책이 우르르 쏟아졌다. 동시에 치킨집 전단지도 쏟아졌다. 교실 바닥에 닭들이 뛰어다니는 것 같았다.

진구는 규철이를 휙 돌아보았다. 규철이는 느긋하게 앉아서 이죽거리며 말했다.

"가방? 사 줄게."

진구는 바닥에 떨어진 전단지를 줍기 시작했다. 한 장, 두 장, 세 장……. 전단지를 줍던 진구의 표정이 변하기 시작했다. 목덜미까지 붉어져 핏줄이 튀어나왔다. 빠드득 소리가 나게 이를 악물던 진구가 전단지를 바닥에 팽개치며 일어났다.

"가방 사 준다는 말보다 미안하다고 사과하는 게 먼저 아냐?"

"뭐?"

"돈이면 다야? 너희 집이 그렇게 부자야?"

"이 새끼가 돌았나?"

규철이가 튕겨 일어나며 주먹을 날렸다. 진구는 턱을 맞고 의자와 함께 나동그라졌다. 아이들이 비명을 지르며 진구와 규철이 주위로 뺑 둘러섰다.

"거지 같은 게."

비아냥대는 규철이의 말에 진구의 붉어진 눈시울이 독하게 변했다. 진구가 몸을 일으키더니 책상을 밟고 올라가 천장의 형광등을 빼들었다.

퍽-

두 개의 기다란 형광등이 부닥쳐 끝이 터졌다. 진구는 깨진 형광등을 양손에 쥐고 규철이를 향해 몸을 날렸다.

빠아악-

형광등이 산산조각 났다. 규철이가 얼굴을 감싸고 쓰러졌다. 구경하던 아이들은 비명조차 삼켰다. 진구는 숨을 헐떡이며 깨진 형광등을 내던지고 짐승처럼 울부짖었다.

상담실 창가에 놓인 어항 속엔 금붕어가 한가롭게 헤엄치고 있었다.

수첩과 지휘봉을 책상 위에 단정하게 올려놓고 한숨을 쉬는 담임과 고개를 90도로 꺾은 채 바닥만 바라보고 있는 진구 사이에 침묵이 흘렀다.

"얌전하던 녀석이 어떻게 이런 대형 사고를 치냐?"

담임이 침묵을 깼다.

'얌전하던'이란 말이 진구의 가슴에 날아와 박혔다.

'찌질하던이겠죠!'

진구는 어항 속의 금붕어를 바라보았다. 빨간 금붕어 사이에 검은 금붕어 한 마리가 있었다. 눈이 툭 튀어나온 까만 금붕어는 외톨이처럼 빨간 금붕어 사이에서 혼자 놀고 있었다.

어릴 때 어항 속의 빨간 금붕어 한 마리가 죽은 채 둥둥 떠 있던 장면이 생각났다. 진구는 울면서 아빠에게 어떻게 된 거냐고 물었다. 아빠는 검은 금붕어가 빨간 금붕어를 물어뜯은 거라고 했다. 어린 진구에겐 검은 금붕어가 악마처럼 보였다. 두 눈이 불뚝 튀어나온 것이 생긴 것도 마음에 들지 않았다. 진구는 눈썹을 찡그리고 입술을 삐죽 내민 채 검은 금붕어를 째려보았다. 하지만 과연 검은 금붕어의 짓이었을까? 먹이를 제때 주지 않아서 그런 건 아니었을까? 어쩌면 빨간 금붕어들끼리의 싸움은 아니었을까? 진구는 그런 생각을 하다가 입을 열었다.

"규철이는요?"

"생각보다 많이 다쳤어. 흉터 안 생기게 성형수술도 해야 한다더라."

"……."

"눈 안 다친 게 다행이야."

"……."

"규철이 아버님 만났다. 합의금 천만 원 아니면 소년원. 그게 규철이 아버님 생각인가 보더라."

"처, 천만 원요?"

"치료비는 별도야. 성형수술은 강남에 있는 유명한 성형외과에서 한다더라. 연예인들 많이 가는."

"네에?"

"그것도 깎은 거야. 처음엔 오천 얘기하셨어."

진구는 소스라치게 놀랐다. 닭을 튀기고 있는 아빠의 뒷모습이 떠올랐다. 닭 한 마리 튀기면 얼마가 남는지 머릿속으로 계산하다가 포기했다.

"규철이 아빠 진짜 어마어마하네요. 이걸로 돈 버시겠대요?"

"그보단 분풀이겠지. 널 괴롭게 만들어 주겠다는…… 아닌가? 진짜 부자들은 푼돈에도 벌벌 떤다고 하더라만."

진구는 당황해서 규철이가 찢어 놓은 가방을 보여 주었다.

"규철이가 이래 놨어요. 주먹도 규철이가 먼저 날렸다구요."

"아무리 그래도 방어치곤 너무했지? 형광등으로 머리를 치다니. 그거 살인 미수로 걸 수도 있다던데."

진구는 휘를 따라 강남에 있는 초고층 빌딩으로 들어섰다. 세 개 층이 모두 로펌 사무실이었다. 로비로 들어서자 안내 데스크에 앉아 있던 사람이 일어났다. 모델 같았다.

"아빠 좀 만나려고요."

휘는 잘 알고 있는 사이처럼 말했다.

"5번 방으로 안내해 줄게. 거기서 기다려."

"네."

로비엔 정장 차림의 아저씨들과 희끗희끗한 머리의 중년 아저씨들이 왔다 갔다 했다. 그들의 여유롭고 자신만만해 보이는 모습에 진구는 주눅이 들었다.

양쪽으로 여러 개의 변호사 사무실이 이어진 복도를 따라 걸어가며 진구는 휘의 소맷자락을 붙잡았다.

"진짜 괜찮아?"

"걱정 마. 아빠는 차가운 사람이지만 체면도 엄청 중요한 사람이니까. 분명히 도와줄 거야."

휘가 걱정 말라고 했지만 진구는 기다리는 동안에도 내내 마음이 조마조마했다.

30분쯤 후에 휘의 아빠가 왔다. 휘가 먼저 진구가 처한 상황에 대해 설명했다. 규철이가 칼로 찢어 놓은 가방도 보여 주었다.

"진구라고 했나?"

휘 아빠가 입을 열었다.

"네."

"휘가 뭘 모르고 널 여기까지 데려온 것 같은데 여긴 일반 변호사 사무실이 아니라 로펌이야. 대기업 법무팀이 해결할 수 없는 일을 주로 하지. 해외법인 설립이나 분쟁 혹은 글로벌 기업의 세무 문제 같은 것 말이야."

"아, 아빠!"

"넌 가만히 있어."

휘 아빠는 눈빛으로 휘를 제압하고 진구에게 계속해서 말했다.

"미안하지만 내가 널 도울 순 없을 것 같구나."

"네……."

진구가 고개를 숙이고 일어났다. 빨리 나가자는 뜻으로 휘의 소맷자락을 잡아당겼다.

순간, 휘가 벌떡 일어나더니 진구의 셔츠 자락을 걷어 올렸다. 시퍼렇다 못해 검게 멍든 자국들이 보였다. 맨살보다 검게 변해 버린 피부가 더 많아 보였다. 진구가 당황해서 셔츠를 내리려고 하자 휘는 더 위로 올렸다.

"진구는 오래전부터 이렇게 괴롭힘을 당해 왔어요. 참다못해 겨우 한 번 폭발한 거라구요. 지속적으로 진구를 괴롭혀온 놈들은 오히려 큰소리치고 아무도 모르게 이렇게 당해 온 진구가 오히려 가해자가 됐어요. 이게 말이 돼요?"

휘가 흥분해서 소리쳤다.

휘 아빠는 미동도 하지 않고 휘를 바라보았다.

"그럼 정식으로 사건을 의뢰할 테냐? 친구라도 수수료는 청구할 거야. 참고로 여긴 좀 비싸다. 수수료가 합의금보다 더 많이 나올 수도 있어. 배보다 배꼽이 더 크지 않겠니?"

"네에?"

휘는 난처한 표정이었고 진구는 소스라치게 놀랐다.

휘 아빠가 전화번호 하나를 써 주었다.

"후배 변호사를 추천해 주마. 민형사 사건을 주로 취급하는 데야. 거기 가서 의논해. 내 얘기를 하면 잘해 줄 거다."

진구는 휘와 함께 로펌 사무실을 나왔다. 온통 까마득하게 높은 빌딩 숲이었다. 진구는 현기증을 느꼈다. 발이 땅으로 꺼지는 것 같았다. 휘는 진구를 위로하고 싶었지만 아무 말도 할 수 없었다. 그때 휘의 휴대폰이 울렸다. 아빠의 전화였다.

"네 친구 녀석 정말 어마어마한 사고를 쳤더구나."

"네?"

"진구가 때린 녀석 부모 말이야. 어렵겠어. 아빠가 일러 준 변호사 사무실에 가 봐야 소용없을 테니 무조건 찾아가서 빌고 합의하라고 전해라."

"아, 아빠!"

휘의 휴대폰에서 흘러나오는 소리를 모두 들은 진구는 고개를 떨궜다. 전화를 끊은 휘는 휴대폰이 부서져라 꽉 쥐었다. 이번엔 진구가 휘의 어깨에 손을 얹었다. 괜찮다고, 도와줘서 고맙다고 말하려 했으나 아무 말도 나오지 않았다.

진구가 가게로 돌아왔을 땐 늦은 밤이었다. 진구 아빠는 의자에 앉아 〈제비꽃〉 노래를 듣고 있었다. 탁자 위에는 통장과 도장이 놓여 있었다. 진구가 들어오자 축 늘어져 있던 진구 아빠가 일어났다.

"어디 가?"

"빌러."

"왜? 아빠가 왜?"

"다 들었다."

아빠가 힘없는 목소리로 말했다.

"가지 마."

"소년원 갈 순 없잖아."

"가지 마!"

"다녀오마."

진구는 아빠를 막아섰다.

"아빠도 알고 있었지?"

"뭘 말이냐?"

"내가 맨날 규철이 패거리한테 맞고 다니는 거. 알고 있었지?"

"그래."

"그럼 내가 얼마나 억울한지도 알 거 아냐! 개처럼 끌려다니면서 맞았어. 말로 해도 안 되고 신고해도 안 되고 그래서 꾹꾹 참았어. 그러다 한 번 발끈했다고 또 맞아야 돼? 이게 말이 돼? 나더러 어쩌라고?"

진구의 눈시울이 붉어졌다. 목소리는 떨렸다.

"진구야."

"뭐?"

"아빠가 여기서 닭이나 튀기고 있는 이유가 뭔지 아냐?"

"뭔데?"

"너하고 똑같아. 이 세상은 힘센 놈이 때리면 맞는 수밖에 없어. 빌라면 빌어야지. 안 그러면 목을 비틀어 숨통을 끊어 놓겠다고 덤벼들어."

아빠는 진구의 어깨를 툭툭 쳤다. 그리고 슬픈 눈으로 말했다.

"네 잘못이 아니다…… 그렇게 말해 주고 싶지만 그럴 수가 없다. 힘이 약한 것도 죄야."

"그게 무슨 말이야?"

진구 아빠가 나가려는 순간 진구는 아빠 손에서 통장과 도장을 빼앗아 들었다.

"그리고 돈 없다면서? 이 돈은 어디서 났어?"

"이리 내."

"싫어."

"이리 내."

"아무튼 이건 아냐! 이건 아니라고!"

진구는 소리치면서 가게를 뛰쳐나왔다.

진구는 무작정 뛰다가 숨이 차서 뛸 수 없을 때쯤 걷기 시작했다. 마음 같아선 당장 규철이를 찾아가 패 죽이고 싶었다. 하지만 진구는 그럴 힘도 그럴 만한 배짱도 없었다. 순간의 감정으로 그랬다간 아빠가 더 큰 곤란에 처할 게 뻔했다.

공원에 앉아 생각에 잠겨 있던 진구가 천천히 일어났다. 그리고 학교로 향했다. 교문은 닫혀 있었다. 진구는 담을 타고 넘어갔다. 깜깜한 운동장을 가로질러 걸었다. 어둠 속으로 빨려 들어가 어둠 그 자체가 되어 버릴 것만 같았다.

없어져 버리자! 차라리 죽어 버리자! 그러면 모든 게 끝나고 편안해질 거야.

순간, 발끝에 뭔가가 채였다.

만화책이었다.

진구는 고개를 들어 옥상 쪽을 올려다보았다. 툭, 또 다른
만화책이 떨어졌다. 옥상 위에 누군가 있는 것 같았다.

감휘, 깜휘

뭐지? 저 눈부신 빛은?

전구다. 조그만 알전구가 엄청난 빛을 뿜어낸다.

어마어마한 열기.

어둠을 몰아내는 눈부신 빛.

펑–

전구가 깨지고 유리 파편이 튄다. 그런데 깨진 전구 속의 필라멘트가 여전히 눈부신 빛을 뿜어내고 있다.

이상하다.

전구는 깨졌는데…….

신기하다.

전원도 없는데…….

휘는 퍼뜩 꿈에서 깼다. 책상에 엎드려 깜빡 잠이 든 모양이었다. 책장의 스피커에선 가사 없는 음악이 흘러나오고 스탠드 불빛은 만화 원고를 비추고 있었다.

전구소년.

휘가 그리고 있는 만화의 제목이다. 전구 머리를 가진 소년이 100층이나 되는 탑의 맨 꼭대기까지 올라가기 위해 층층마다 더욱 강력해지는 적들과 싸우는 내용으로 만화 공모전에 내려고 준비 중인 원고다. 70퍼센트 정도 진행된 스토리는 이제 클라이맥스를 향해 달려가고 있었다.

휘는 손을 쥐었다 폈다 하면서 손가락을 풀고 다시 펜을 잡았다. 전구소년이 이단옆차기로 적을 향해 몸을 날리는 장면이다. 훌륭한 그림체는 아니지만 독학으로 피나는 연습을 한 결과물이다. 스스로 생각해도 대견하고 뿌듯했다.

휘는 다시 정신을 집중하고 손가락에 힘을 모아 펜을 쥐었다.

그때였다.

현관문 도어락 여는 소리에 이어 아빠 목소리가 들려왔다. 휘는 소스라치게 놀랐다. 아빠가 집에 돌아올 시간은 아직도 많이 남아 있었다.

휘는 재빨리 그리던 만화 원고를 서랍에 집어넣고 펜과 잉크도 숨겼다. 아빠가 곧장 휘의 방으로 걸어왔다. 휘가 서랍을 닫는 순간 방문이 열렸다.

아빠의 손에는 책이 두 권 쥐여져 있었다. 아빠는 휘에게 묻지도 않고 읽어야 할 책을 사 오곤 했다. 아빠의 시선이 서랍에서 삐져나온 만화 원고 귀퉁이에서 멈췄다.

휘는 등골이 오싹해지고 식은땀이 났다.

아빠가 서랍으로 다가가자 휘는 의자에서 벌떡 일어나 몸으로 서랍을 가렸다.

아빠가 휘의 어깨를 가볍게 밀치고 서랍을 열었다. 아빠의 미간이 순식간에 찌푸려졌다.

휘가 숨겨 놓은 만화 원고, 만화 축제 티켓, 만화용 펜과 잉크, 작가 사인본 만화책, 스토리와 아이디어를 메모하는 수첩…… 그것들은 휘가 소중하게 가꿔 온 꿈의 시간이자 노력의 흔적이었다. 그러나 휘 아빠의 눈에는 아들에 대한 실망과 분노의 증거이자 한없이 하찮은 것들에 불과했다.

아빠가 서랍 속의 만화 원고를 꺼내 손아귀에 움켜쥐었다. 휘는 아빠의 손아귀에서 자신이 구겨지는 것 같았다.

아빠가 만화 원고를 쓰레기처럼 바닥에 던졌다. 휘는 자신이 바닥에 내동댕이쳐지는 것 같았다.

책장 앞으로 걸어간 아빠가 앞줄에 꽂힌 책을 손가락으로 당기자 툭, 툭, 몇 권의 책이 떨어지고 뒷줄에 감춰 둔 만화책이 드러났다.

휘는 방바닥에 아무렇게나 흩뿌려진 만화 원고를 무릎으로 기며 줍다가 아빠의 발밑에 깔려 있는 원고를 잡아당겼다.

"아빠 제발요."

휘는 애원하는 얼굴로 아빠를 올려다보았다.

"도대체, 언제까지, 아빠가 널 참아 줄 거라고 생각하니?"

"아빠를 속인 건 죄송해요. 하지만 전, 만화를 하고 싶어요. 제발, 제가 하고 싶은 거 하게 해……."

휘의 말이 끝나기도 전에 아빠는 화를 참지 못하고 책장을 거칠게 손바닥으로 쓸어 버렸다.

우르르 쏟아지는 책과 함께 스피커와 액자와 미니 화분이 바닥으로 떨어졌다.

"아악!"

떨어진 스피커 모서리에 손가락을 찍힌 휘가 비명을 질렀다.

병실 유리창으로 햇살이 비꼈다. 휘는 창가에 서서 한순간에 화르르 지고 있는 벚꽃을 바라보고 있었다.

의사가 들어왔다.

휘는 깁스를 한 오른손을 내밀었다.

의사는 절단기로 휘의 깁스를 잘랐다. 하얗고 쪼글쪼글해진 손가락이 드러났다. 손가락에도 근육이 있어서 쓰지 않으면 퇴화한다는 걸 휘는 처음 알았다. 휘는 상처를 꿰맨 자국을 보았다.

"무지 신경 써서 예쁘게 꿰맨 거야. 정형외과가 아니라 성형외과에서 쓰는 봉합술이거든. 흉터는 없을 거다."

"흉터는 상관없어요. 만화만 그릴 수 있으면…… 그릴 수 있는 거죠?"

휘는 손가락을 움직여 보다가 인상을 찡그렸다. 손가락이 엄청 뻣뻣했다. 관절이 제대로 꺾이지 않았다.

휘는 겁이 덜컥 났다.

"골절 주변 인대 파열이 좀 심한 편이었어. 하지만 재활 치료 열심히 하면 일상생활엔 불편 없을 거다."

의사의 말에 휘는 다급하게 물었다.

"만화 그릴 수 있냐구요."

"너 운동선수 할 거 아니잖아? 큰 힘을 쓰는 일이나 정교한 동작은 좀 불편할 수도 있겠지만…… 일상엔 지장 없을 거야."

"일상이 아니라…… 만화, 만화 그릴 수 있냐구요!"

휘의 표정이 너무 간절해서 의사는 약간 당황했다.

결국 경과를 지켜보자, 케이스마다 다르다, 재활 치료를 잘하는 게 중요하다, 그런 이야기로 휘를 달랬다.

"아, 안 돼요……."

겁이 난 휘는 자꾸만 손가락을 움직여 보았다. 하얗게 쪼 그라든 손가락은 힘겹게 움직이다가 관절이 꺾일 때마다 덜 컥거리며 튕겼다. 놀란 휘의 눈이 붉게 충혈됐다. 울음이 터 지려는 걸 겨우 참았다.

열어 놓은 창문으로 불어온 바람에 커튼이 나부꼈다.

어두운 방 안에 스탠드 불빛만 환했다. 휘는 침대 머리에 기대앉아 재활 치료사가 가르쳐 준 대로 손가락 주변을 문지 르며 마사지도 해 주고 손가락 운동도 했다.

엄마가 방문을 열고 들어왔다.

"아직도 느낌이 이상해?"

"아주 조금씩 좋아지고 있긴 해."

"너무 걱정 마."

"하지만 겁나. 계속 이런 상태로 굳어 버릴까 봐……."

엄마가 걱정스런 얼굴로 휘를 바라보다가 침대에 걸터앉 더니 휘의 손을 꼭 쥐었다.

"아빠도 이번에 상처 많이 받았어."

"상처는 서로 받았지."

"너도 알잖아? 아빠가 어떤 사람인지…… 만화가 아무리 좋아도 사람이 좋아하는 것만 하고 살 순 없어. 이제 그만 포 기해."

"엄마도 아빠랑 같은 생각이야?"

엄마는 답답하다는 듯 한참 동안 휘를 가만히 보다 말했다.

"그냥 네가 져 주면 안 돼? 아빠 널 위해서……."

"혼자 있고 싶어."

휘는 이불을 뒤집어쓰고 돌아누웠다.

학원의 불빛이 밝았다. 강사는 열정적으로 강의를 했고 휘는 열정적으로 그림을 그렸다. 정교한 톱니바퀴를 만지는 시계공처럼 휘의 얼굴에 땀방울이 맺혔다. 손에는 힘이 바짝 들어갔다.

종이를 누르며 지나가던 펜이 쭉 미끄러졌다. 휘가 가려던 방향이 아니었다. 휘는 입술을 깨물었다.

동그라미는 찌그러지고 직선은 휘어졌다.

가늘게 긋던 선은 끊기고 굵게 긋던 선은 뭉개졌다.

휘는 자기도 모르게 책상을 쾅 쳤다.

수업을 하던 강사와 수강생들이 휘를 쳐다봤다.

휘는 당황해서 벌떡 일어나 고개를 숙였다.

"죄, 죄송합니다."

버스 안. 휘는 유리창에 머리를 기댔다. 창밖으로 보이는 사람들은 모두 아무 걱정이 없어 보였다. 세상의 모든 불행과

무거운 짐은 휘의 어깨에만 쌓이는 것 같았다. 다들 웃고 있는데 자기만 울고 있는 것 같았다.

'하고 싶은 걸 할 수 없다면 차라리 죽어 버리는 게 나을지도 몰라.'

'난 지금 엉망이야. 손가락은 망가졌고 원래대로 돌아오지 않을 거야. 그냥 이대로 다 끝내 버리고 싶어.'

'부모라고 해서 자식의 인생을 함부로 할 순 없어.'

'그래도 엄마 아빠니까…… 내가 행복해지는 걸 바라지 않을까? 다시 한번 아빠와 얘기를 해 보면 되지 않을까?'

휘는 스마트폰을 꺼내 웹툰 사이트로 들어가다가 취소 버튼을 툭, 툭, 툭 쳤다. 검색창에 자살이라는 단어를 입력했다. 그러자 연관 검색어가 주르륵 떴다. 휘는 멍하니 그것들을 바라보았다.

그러다 휘는 바로 옆에서 휴대폰 화면에 뜬 검색 내용을 걱정스런 눈빛으로 바라보는 승객의 시선을 느꼈다.

휘는 재빨리 휴대폰을 끄고 도망치듯 버스에서 내렸다.

휘는 터벅터벅 힘없이 밤길을 걸어 집으로 왔다. 외벽에 은은한 조명 장식을 한 아파트 단지는 고요했다.

집에 들어온 휘는 방문을 닫다가 멈칫했다. 천장에 둥글고 시꺼먼 물체가 붙어 있었다.

시시티브이 카메라였다.

휘는 가방을 침대에 던지고 방문을 열고 나왔다.

아빠 방은 비어 있었다.

다시 서재로 가서 문을 열었다.

아빠는 재판 관련 문서를 심각한 표정으로 읽고 있었고, 엄마는 노트북으로 변론 문서를 작성하고 있었다.

"바빠. 할 말 있으면 짧게."

아빠는 서류 더미에 파묻힌 채 눈도 떼지 않고 말했다.

"이건 너무하잖아요? 아무리 아빠라도······."

"아빤 더 이상 내 아들이 쓸데없는 짓에 인생을 낭비하게 할 순 없다. 말을 안 들으면 듣게 하는 수밖에."

"아빠!"

"지금은 힘들겠지만 나중엔 아빠한테 고맙다고 할 거야."

휘는 고개를 숙였다. 주먹 쥔 손을 더 세게 말아 쥐었다. 손톱이 손바닥으로 파고들 정도로 세게 쥐었다.

언제나 그랬듯 아빠를 설득하는 건 불가능하다는 걸 휘는 다시 한번 느꼈다.

아빠는 자신의 실수나 잘못을 인정한 적이 없었다. 누가 봐도 명백한 실수조차 엄마나 휘가 원인 제공을 했기 때문이라고 말했다.

아빠에게는 언제나 자신의 계획이 있고 그 계획대로 일이

풀려야만 했다. 계획이 틀어지면 불같이 화를 냈고 안 되면 어떡하든 되게 만들었다. 그게 아빠가 생각하는 능력 있고 강한 남자였다.

휘는 엄마를 보았다.

엄마는 걱정스런 표정으로 휘를 바라볼 뿐이었다. 휘는 어떤 말도 통하지 않는 거대한 두 개의 벽을 느꼈다.

휘는 자기 방으로 돌아와 책상 앞에 털썩 앉았다. 의자에 앉아 한참을 그렇게 있다가 몸을 돌렸다.

고개를 들어 천장에 붙어 있는 시시티브이를 바라봤다.

한참 동안 그것을 노려보던 휘는 아빠가 보란 듯이 서랍을 열었다.

새 만화 용지를 꺼내고 펜을 들었다. 휘는 비장한 눈빛으로 숨을 가다듬고 서서히 손을 움직였다.

중요한 건 꺾이지 않는 마음이다.

삐뚤어지는 선만큼 휘의 표정도 일그러졌다. 절대로 포기하지 않겠다는 의지를 보여 주고 싶었다. 이를 악물고 그림을 그려 나가던 휘는 급격히 무너지는 마음을 일으켜 세우려 애썼다. 그림은 뜻대로 되지 않았다. 얼마 지나지 않아 한계점에 도달했다. 휘는 펜을 집어 던지고 벌떡 일어났다. 침대 매트리스를 세워 올리고 그 밑에 숨겨 놓은 만화책들을 가방에

쑤셔 담았다.

휘는 마지막으로 시시티브이 카메라를 올려다보고는 방을 나왔다.

밤의 학교는 더 삭막했다. 휘는 옥상으로 올라갔다. 초록으로 칠해진 바닥은 군데군데 거칠게 일어나 있었다. 한쪽 구석엔 책상과 의자가 쌓여 있었다. 그걸 쓰던 아이들은 어디로 갔을까? 휘는 잠시 생각했다.

멀리 울긋불긋한 도시의 네온사인들이 보였다.

바람이 불었다.

휘는 난간 앞에 섰다. 아래쪽엔 어둠에 잠긴 운동장이 보였다. 휘는 가방에서 만화책을 꺼냈다.

『원피스』.

만화에 푹 빠지게 만든 첫사랑 같은 책이었다.

던졌다.

『마스터 키튼』.

고급스런 만화였다. 만화를 잘하려면 스토리가 얼마나 중요한지, 그 스토리가 얼마나 문학적이어야 하는지를 가르쳐준 책이었다.

던졌다.

『배가본드』.

자기 자신을 완성해 나가는 고수의 이야기. 한 분야의 최고가 되기 위해서는 피비린내가 나도록 자기를 수련해야 한다는 것을 가르쳐 준 책이었다.

던졌다.

"다음은 너니?"

갑자기 뒤에서 여자아이의 목소리가 들렸다. 휘는 깜짝 놀라 뒤를 돌아보았다. 어둑한 저편에 누군가 서 있었다. 달빛에 비친 그림자만으로는 누군지 알아볼 수 없었다. 아이가 휘 쪽으로 걸어왔다.

예나, 안 보여!

　창밖으로 활짝 핀 목련이 보였다. 예나는 식탁에 엄마와 마주 앉아 아침밥을 먹었다. 반찬은 모두 유기농 야채로 조합에서 배달해 먹는 것들이었다. 엄마는 가격은 비싸도 소량으로 먹기 때문에 부담스러워하지 않아도 된다고 했다.

　"용돈."

　엄마가 현금을 내밀었다. 예나는 말없이 돈을 받아 교복 주머니에 넣었다.

　"꼭꼭 씹어 먹어. 몸이 건강해야 성적이 오르지."

　엄마는 나물을 집어 예나의 숟가락 위에 올려 주었다.

　"성적 관리 좀 해야겠더라."

　엄마가 예나의 눈치를 보며 말했다. 예나가 엄마를 쳐다봤다. 엄마가 시선을 돌렸다.

"알아. 혼자 공부해서 이 정도 성적 유지하는 거 힘들다는 거. 그래도 좀 더 열심히 하자. 응?"

예나는 숟가락을 내려놓고 일어났다.

"엄마도 출근해야 해. 같이 나가자."

예나는 이미 현관문을 열고 나간 후였다.

예나는 터벅터벅 학교를 향해 걸었다. 교문 옆 담장 아래 휘가 앉아 있었다. 앞에는 휴대용 낚시 의자를 두 개 놓아 두고 무릎 위엔 그림판을 들었다. 휘는 건너편 가게 풍경과 골목에서 이쪽을 쳐다보고 있는 고양이를 그리고 있었다.

캐리커처 공짜로 그려 줍니다!

세워 놓은 팻말을 예나가 물끄러미 바라보고 서 있자 휘가 말을 걸었다.

"그려 줄까?"

"……."

"공짜야."

"……."

휘가 계속 말을 걸었지만 예나는 말없이 고개를 돌렸다.

휘가 예나의 시선을 따라 돌아보았다. 학교 담장에 걸쳐 있는 넝쿨장미가 보였다. 뿌리는 학교 안 화단에 있었지만 꽃들은 담장을 넘어 밖으로 쏟아져 나오려는 것 같았다. 하지만 대부분의 꽃들은 여전히 학교 담장 안쪽에 피어 있었다. 예나는 '탈출'이라고 혼잣말을 중얼거렸다. 휘는 고개를 갸우뚱하며 예나와 넝쿨장미를 번갈아 보았다. 예나는 다시 교문 쪽으로 천천히 걸어 들어갔다.

수학 시간이 끝나는 종이 울렸다. 예나는 종이 울리는 것과 동시에 손을 들었다. 아이들의 원망 섞인 탄성이 여기저기서 터졌다.

"쟤, 또 왜 저래?"

"매점 갈 시간도 없는데."

"진짜 미친 거 아냐?"

"학원 안 다니는 건 지 맘이지만 우리한테까지 피해는 주지 말아야 할 거 아냐? 짜증 나게."

아이들이 예나를 보며 수군거릴 때 수학 선생님이 말했다.

"교무실로 와."

예나는 창백한 얼굴로 일어나 마치 유령처럼 수학 선생님의 뒤를 따라갔다. 아이들이 그런 예나를 보며 또 수군거렸다.

"진짜 기분 나쁘지 않냐? 어떻게 사람이 표정이 없어."

"인조인간 같지 않냐? 공부만 하는 안드로이드."

"그보단 마네킹에 가깝지. 예나 눈동자를 봐. 책, 칠판, 노트, 선생님. 시선이 이렇게 네 개의 점만 찍고 다니잖아."

"아마 자면서도 공부할 거야."

"그럼 성적이라도 좋아야지. 겨우 반에서 조금 하는 정도잖아?"

"아무튼 기분 나빠."

아이들이 수군거렸다.

"너흰 어떻게 친구를 못 잡아먹어서 안달이냐?"

휘가 씹어 뱉듯 낮은 목소리로 말했다. 아이들은 오히려 휘를 비웃었다.

"뭘 상관?"

"너, 쟤 좋아하냐?"

깊은 밤, 예나는 자기 방 책상에 앉아 양팔을 쭉 뻗어 참고서를 잡고 있었다. 내내 미동도 없던 예나가 책을 내려놓고 책상 위 스탠드의 불을 껐다. 방 안은 순식간에 깜깜해졌다. 예나는 서랍에서 휴대폰을 꺼내 들었다. 남이 쓰다 버린 공기계에 해외 사이트의 앱을 이용해 변칙으로 계정을 만든 것이었다.

우아한 마녀로부터 톡이 와 있었다.

-오늘도 힘드니?

-……네.

-지금 어디야? 우리 이젠 만나서 얘기하는 게 어떨까? 그만큼 얘기를 했으면 이젠 날 좀 믿어도 되지 않을까?

-그냥…… 끝내고 싶어요.

-난 아직 네 이름도 얼굴도 몰라. 우리 만나자. 응?

-오늘…… 넝쿨장미를 봤어요.

-…….

-학교 담장 밖으로 꽃들이 막 넘어오고 있었어요. 학교 안에 핀 장미들은 그렇게 말하겠죠? 담장을 넘어가는 건 위험해. 스스로를 위험에 빠뜨리는 건 나쁜 거야. ……하지만 담장 너머엔 더 넓은 세계가 있잖아요. 어쩌면 자살도 그런 게 아닐까요?

-죽고 나면 더 넓은 세계가 있다고 누가 그래? 죽으면 끝이지.

-끝이란 말…… 좋아요.

-남은 사람들은? 가족이나 친구들에게 큰 상처를 주게 될 거야.

-날 위해 울어 줄 친구는 없어요. 가족은 더더욱 없어요.

-그건 네 착각이야. 엄마 생각은 안 해?

-아마 좀 속상해하겠죠. 속마음을 숨기고 위장하는 데는 선수니까 사람들은 엄청 슬퍼하는 줄 알 거예요.

-네가 엄마 마음을 어떻게 알아?

-얄팍해서 다 보여요.

-엄마라는 존재는 네가 생각하는 것보다 훨씬 깊어!

예나는 대답하지 않았다. 침묵이 흘렀다.
잠시 후 우아한 마녀가 다시 말했다.

-널 사랑하는 사람들이 많다는 걸 기억해. 얼굴도 이름도 모
르는 널 붙들고 씨름하고 있는 나를 봐.

-청소년수련관 관장님이시잖아요.

-네가 말을 걸어 왔기 때문에 상담해 주고 있긴 하지만 엄밀
히 따지면 내 업무는 아냐.

-그럼 나가셔도 돼요.

-제발 부탁이야. 어리석은 생각 하지 말고.

-내가 누군지 왜 몰라요? 왜 아직도 못 찾았어요? 사실은 날
찾을 생각이 없는 거죠?

-꼭 내가 널 찾아야만 하니? 네가 당당하게 나서서 고민을
털어놓으면 안 돼? 청소년수련관이라는 게 생각보다 할 일이
너무 많아. 애들은 날마다 문제를 일으켜. 그러니까 숨바꼭질
은 그만하자.

-그럼 제가 죽고 난 뒤에 신문 기사에서 찾으세요. 그게 빠를

거예요. 이만…… 나갈게요.

-자, 잠깐만. 아직, 조금만 더. 같이 생각해 보자. 지금 널 가장 힘들게 하는 게 뭐니?

-…….

-빙빙 돌리지 말고 당당하게 털어놔. 네 생각을 말해 보란 말이야.

-…….

-얘기를 해야 도와주지.

-……모르겠어요. 난 아무것도 하고 싶은 게 없어요. 그냥 숨만 쉬고 있는 거예요. 이런 게 인생이라면 차라리 죽는 게 낫지 않겠어요? 가끔은 생각해요. 이게 죽을 이유가 되는 건가? 지금은 당장 죽고 싶을 만큼 힘들다가도 이러면 안 되지 하면서 다시 힘을 내요. 하지만 매일 그런 생각의 반복이에요. 무한 반복요. 난 이제 너무 지쳤어요.

-하고 싶은 게 없다는 게 죽을 이유는 아니지. 찾으면 되잖아?

-그게 얼마나 어려운 일인지 모르죠? 사람들은 모두 가면을 썼어요. 가면을 벗으려 하지 않아요.

-조금만 더 구체적으로 얘기해 보자.

-정말로 날 구하고 싶다면 내가 누군지 직접 찾으셔야 해요.

-나도 최선을 다하고 있어. 하지만 나도 만능은 아냐. 그냥 허

물 많은 인간일 뿐이라고.

-그런 말로 대충 넘어가지 마세요. 그동안 얘기 들어주셔서 고마웠습니다.

-잠깐만, 내 얘기 기억하지? 인생은 말이야. 끊임없이 문을 열고 나가는 거야. 지금 네 앞에 놓인 문이 열리지 않는다고 포기하면 안 돼. 문 하나를 열고 나가면 또 다른 문이 있어. 문은 수없이 많아. 점점 크고 두꺼워져. 지금은 네가 아무리 힘을 써도 결코 열리지 않을 것 같겠지. 하지만 영원히 열리지 않는 문은 없어. 지치지 않고 문을 열어야 해. 그러다 보면 언젠가 네가 원하는 곳에 다다르게 될 거야.

-……나 때문에 퇴근도 못 하고 힘드시죠? 이제 퇴근하세요. 저도 잘게요. 영원한 깊은 잠이 될 거예요.

예나는 대화방을 나갔다.

아침 식탁에 예나는 엄마와 마주 앉았다. 예나도 엄마도 몹시 피곤한 얼굴이었다. 말없이 젓가락만 깨작거리고 있었다.

"어디 아퍼?"

엄마가 물었다.

"피곤해."

두 모녀는 또 생각에 잠겨 반찬만 헤집었다.

"요즘도 그 애가 속 썩여?"

예나가 물었다.

"응."

"아직도 죽는다고 난리 쳐?"

"힘든가 봐."

"그냥 내버려두지? 자기가 누군지도 안 밝힌다며?"

"그러다 진짜 죽으면?"

"왜? 청소년수련관 관장인 엄마와 그렇게 많은 얘기를 나눴는데 결국 자살했다, 그런 기사라도 나올까 봐?"

엄마 표정이 굳어졌다.

"진짜 그게 걱정인가 보네? 그 애보다 엄마 체면이 더 문제네?"

"예나야. 무슨 말을 그렇게 해?"

"걱정 마. 요즘은 자살 같은 거 기사로 취급도 안 해."

예나는 식탁에서 일어났다.

"예나야."

"?"

"넌…… 괜찮지?"

"뭐가?"

"그 애처럼 마음이 힘들거나…… 그런 거 아니지?"

"내가 왜?"

"그렇지?"

엄마는 안심하는 표정이었다. 예나는 그런 엄마를 물끄러미 바라보다가 식탁에서 일어났다. 천천히 현관문을 열고 나왔다. 등 뒤에 닫힌 문이 있었다. 엘리베이터 앞에 선 예나는 엘리베이터 문을 한참 동안 바라보았다.

교실로 들어서던 예나는 칠판에 그려진 그림을 보았다. 수없이 많은 아이들이 옥상에서 뛰어내리는데 한 명도 바닥으로 추락하지 않고 날개가 돋아 다시 하늘로 날아오르는 그림이었다. 예나는 무수히 떨어지는 아이들 중의 하나가 자기라는 생각이 들었다. 갑자기 마음이 아프고 슬픔이 복받쳤다.

"내가 쓴 만화 스토리가 있는데 한번 읽어 봐 줄래?"

휘가 다가와서 말을 걸었다.

"공부하는 거 안 보여?"

예나는 참고서만 뚫어지게 봤다. 휘는 여러 말로 예나를 설득하려고 했다. 그러자 예나는 휴대폰을 열어 공부 스케줄표를 보여 주었다.

"이 중에서 뺄 시간이 있는지 찾아봐. 있으면 알려 줘. 그럼 읽어 볼게."

하루에 네 시간밖에 안 자고 나머지는 공부로만 짜인 일정표였다. 휘는 놀란 눈치였다.

"네가 무슨 공부 기계냐? 이런 말도 안 되는 계획표를 어떻게 지켜?"

"공부 기계 맞아. 그리고 지켜야 돼."

예나는 그렇게 말하고 참고서만 뚫어지게 쳐다봤다. 휘가 고개를 설레설레 흔들며 자기 자리로 돌아갔다.

어두운 방 안에서 예나는 우아한 마녀와 대화를 하고 있었다.

-오늘은 솔직히 말할게요. 내가 죽고 싶은 건 엄마 때문이에요.

-엄마? 엄마가 어떤데?

-한때는 엄마가 세상에서 제일 멋지다는 생각을 했었어요. 어릴 때부터 책도 많이 읽어 주고 대화도 많이 했거든요. 엄마는 멋진 말도 많이 했어요. 근데 그게 다 가면이었어요.

-가면?

-엄마는 입만 열면 학교 교육에 문제가 있다고 해요. 경쟁만 시킨다고요. 그래서 엄마는 학원에도 안 보내 줘요. 하지만 성적이 조금만 떨어지면 무섭게 나를 째려봐요. 강남 엄마들 욕을 하면서도 내가 강남 아이들처럼 되기를 바라거든요.

-…….

-내 카톡 닉네임이 왜 마네킹인 줄 아세요? 한번 책상에 앉으면 마네킹처럼 꼼짝을 안 하고 공부만 하기 때문이에요. 그런데 성적은 점점 떨어지고 있죠. 왜 그런 줄 아세요?

-왜 그런데?

-사실은 공부를 하는 게 아니니까요.

-뭐? 그럼 뭘 하는데?

-상상이요.

-상상?

-전 눈으로 참고서를 쳐다보면서 머리로는 다른 상상을 해요. 몸은 여기 있지만 마음은 다른 곳에 가 있는 거예요. 왜냐고요? 그렇게라도 하지 않으면 한순간도 견딜 수가 없으니까요.

-엄마도 아시니?

-언젠간 알게 되겠죠. 아니 알게 되기를 바라요. 가능한 빨리요.

-…….

-내가 엄마한테 듣고 싶은 말이 뭔지 아세요?

-뭔데?

-이제 그만 쉬라는 말이에요. 공부는 그만해도 좋으니까 제발 좀 쉬어라. 그 말 한마디만은 꼭 듣고 싶어요.

-공부하는 아이한테 쉬라는 말을 하는 부모가 몇이나 되겠니? 안쓰러우면서도 차마 그 말은 못 하는 거야.

예나는 대화방을 나왔다. 휴대폰을 서랍 속에 던지고 요란한 소리가 나게 닫았다. 그리고 한참 동안 의자에 마네킹처럼 앉아 있었다.

어두운 창밖에 보름달이 떴다. 예나는 물끄러미 달을 바라보다가 서랍 속의 휴대폰을 꺼냈다.

-오늘은 교실에서 큰 싸움이 일어났어요. 진구라는 애가 규철이라는 애를 형광등으로 후려쳤어요. 물론 나쁜 건 규철이에요. 오랫동안 진구를 괴롭혀 왔거든요. 말하자면 진구는 지렁이도 밟으면 꿈틀한다는 걸 보여 준 거였죠.
-저런…….
-그런데 그런 큰 싸움이 일어났는데도 저는 몰랐어요. 그때도 혼자 상상에 빠져 있었거든요. 애들이 그런 내 모습을 보고 사진으로 찍어 SNS에 올렸어요.
-사진?
-싸움이 벌어져 난장판이 된 교실에서 혼자 아랑곳하지 않고 꼿꼿하게 앉아 공부만 하고 있는 모습이었죠. 그 사진 제목은 '요즘 흔한 중딩의 교실 모습'이었어요.
-그래서 상처받았니?
-아뇨.

-?

-상처는 인간이 받는 거죠. 상처라는 건 그런 거예요. 최소한 살아 있는 생물이 받는 거죠. 하지만 난 인간이 아니라 공부 기계인 걸요. 상처받을 리가 없죠.

-…….

-그때 내가 무슨 상상을 하고 있었는지 얘기해 줄까요?

-해 보렴.

-어떤 엄마가 아이를 데리고 산에 갔어요. 아이는 신이 나서 '엄마 여기 계곡물이 너무 맑아요. 놀다 가요' 해요. 하지만 엄마는 아이 손을 잡아끌면서 '산꼭대기에 올라가면 더 좋은 게 있단다' 하죠. 아이는 엄마 손을 붙잡고 산으로 올라가요. '엄마 여기 예쁜 꽃이 피었어요. 구경하고 가요.' 그래도 엄마는 '산꼭대기에 올라가면 더 좋은 게 있단다' 하면서 아이 손을 잡아당겨요. 아이는 또 올라가다가 '엄마, 여기 바위에 앉아서 쉬었다 가요. 바람이 시원해요. 풍경도 좋아요' 해요. 하지만 엄마는 또 말하죠. '산꼭대기에 올라가면 더 좋은 게 있단다.' 아이는 어쩔 수 없이 숨을 헐떡이며 올라가요. '엄마, 힘들어서 숨을 못 쉬겠어요. 조금만 쉬었다 가요.' 엄마는 말하죠. '산꼭대기에 더 좋은 게 있단다.' 아이는 한 걸음도 더 걸을 수가 없이 지쳤어요. '엄마, 해가 졌어요. 이제 그만 내려가요.' 하지만 엄마는 또 말해요. '산꼭대기에 가면 더 좋은 게

있는데 여기서 포기할 순 없어.' 결국 아이는 죽을힘을 다해 산꼭대기까지 올라갔어요. '엄마, 더 좋은 건 어디 있어요?' 아이가 아무리 주위를 둘러보아도 거기엔 아무것도 없어요. 당황한 엄마는 한참 고민하다가 하늘을 쳐다보며 말해요. '더 높이 올라가 봐야겠어. 거기엔 분명 더 좋은 게 있을 거야' 하고 말이에요.

-냉소적인 얘기구나.

-슬픈 얘기죠. 내가 뭘 하고 싶은지…… 더 좋은 게 무엇인지…… 나도 모르고 엄마도 모른다는 게.

-지금의 너는 모를 거야. 그러니까 아무것도 안 보이지. 하지만 엄마는 알 거야. 그리고 너도 알게 될 거야. 가장 높이 올라간 자가 뭘 가질 수 있는지.

-이젠 지쳤어요. 알고 싶지도 않아요. 전 절대로 그런 산에는 올라가지 않을 거예요.

예나는 더 이상 아무 말도 하지 않았다.

소나기가 퍼붓는 밤이었다. 예나는 휴대폰을 쥐고 우아한 마녀에게 울먹이고 있었다.

-이상한 일이에요. 어떻게 이런 일이 있을 수 있죠? 이건 정

말 말도 안 되는 일이에요.

-울지 말고 말해 봐. 무슨 일인데?

-눈이…… 눈이 안 보여요.

-뭐?

-다 안 보이는 건 아니에요. 다른 건 잘 보이는데 글씨만 안 보여요.

예나는 눈물을 닦았다. 그리고 숨을 골랐다.

-이젠 공부를 하고 싶어도 할 수가 없어요. 교과서나 참고서는 물론이고 칠판 글씨도 안 보여요.

-그것도 네 상상 아닐까?

-사실이에요.

-네가 거짓말을 하는 게 아니라면 그건 눈의 문제가 아니라 마음의 문제일 거야.

-그렇겠죠? 영영 앞을 못 보는 건 아니겠죠? 이러다 정말 그렇게 될까 봐 무서워요.

-엄마한테 얘기해. 나한테 했던 얘기들 하나도 빼놓지 말고 전부 엄마한테 말해.

-싫어요.

-그럼 지금 당장 이쪽으로 와. 내가 도와줄게.

-그럴 수 없어요.

잠시 침묵이 흘렀다. 창밖의 소나기도 그쳤다. 한참 동안 침묵하고 있던 우아한 마녀가 물었다.

-도대체…… 도대체 넌 누구니?
-그동안 고마웠어요. 전 그냥 산 밑으로 내려갈래요. 담장 밖으로 넘어갈래요. 억지로 꽉 닫힌 문을 열려고 애쓰지 않을래요.
-얘야.

예나는 이번에도 대화방을 먼저 나와 버렸다.

어느덧 창밖엔 반달이 떴다. 지금의 감정은 갑자기 퍼붓는 소나기 같은 것일까? 조금만 참으면 다시 구름이 걷히는 걸까? 달이 차고 지기를 반복하듯 하루를 살아갈 에너지도 방전되었다가 다시 충전되기를 반복해야만 했다. 하지만 예나는 이제 더 이상 충전되지 않는 건전지 같았다.

예나는 거실로 나갔다. 소파에 앉아서 텔레비전을 켰다. 예능 프로그램이 한창 방송되고 있었다. 모두가 행복하고 즐거워 보였다. 세상 사람 모두가 웃고 있는데 혼자만 울고 있는 것 같았다.

한참 멍하니 텔레비전을 쳐다보고 있는데 현관문 열리는 소리가 들렸다. 엄마가 지친 모습으로 들어왔다.

"예나야."

책상에 앉아 있어야 할 예나가 거실 소파에 앉아 텔레비전을 보고 있는 것을 본 엄마는 당황했다. 마치 예나가 아니라 외계인이 거실에 앉아 있는 것을 본 것 같은 표정이었다.

"너…… 지금…… 뭐 하는 거니?"

엄마는 잠시 당황했다. 라벨까지 맞춰서 정돈한 물건이 삐져나온 걸 본 것처럼. 하지만 그건 곧 다시 정돈하면 된다는 듯 예나를 바라보았다.

"텔레비전 보잖아."

"어디 아파? 너 괜찮아?"

"오늘도 늦었네? 그 아이 때문이야?"

"응. 속상해 죽겠어. 이젠 말도 안 되는 거짓말까지 하더라."

"거짓말?"

"눈이 안 보인대. 다른 건 다 보이는데 책의 글씨만 안 보인대. 공부하기 싫으니까 별생각을 다 하는 거야."

이상한 일이었다. 예나의 마음을 꽉 채우고 있던 슬픔과 분노 같은 감정들이 갑자기 사그라들었다. 엄마는 결국 나를 찾아내지 못했구나. 찾아낼 생각도 없구나. 이젠 그냥 다 놓아 버리고 싶었다. 놓아 버릴 수 있을 것 같았다. 아니, 이미 그렇게 된 것 같았다.

예나는 차분한 목소리로 말했다.

"엄마."

"응?"

"아마 그 애가 다시 전화하는 일은 없을 거야."

"뭐?"

"그 앤 오늘…… 정말 죽을 거니까."

엄마가 장 봐 온 것들을 냉장고에 넣다가 예나를 돌아봤다. '얘가 오늘 왜 이러지?' 하는 표정이었다.

"그 앤 오늘 자살할 거라고."

"네가 어떻게 알아?"

"알아."

예나는 빤히 엄마를 처다봤다. 엄마는 아직도 감을 잡지 못하고 있었다. 그동안 자기가 누구와 상담을 했는지. 예나는 그것을 알려 주어야만 했다. 예나는 방으로 들어가 서랍 속의 휴대폰을 꺼내 식탁 위에 올려놓았다. 그리고 천천히 돌아서서 현관 쪽으로 걸어갔다.

예나는 주머니 속의 열쇠를 만지작거렸다.

작년에 예나는 학교 옥상을 녹색 공원 쉼터로 만들자는 제안서를 만들었다. 부서진 책걸상을 쌓아 두거나 자살 방지를 위해 자물쇠를 채워 두는 폐쇄적 공간에서 벗어나 옥상에 꽃과 나무를 심고 인조 잔디를 깔아 쉼터로 만들면 학교 이미지도 좋아질 거라는 내용이었다. 예나는 옥상의 상태를 살피고 사진도 찍어야 한다며 담당 선생님에게 열쇠를 받았다. 기회를 봐서 열쇠를 복사해 두는 것도 잊지 않았다.

제안서는 채택되지 않았다. 하지만 상관없었다. 어차피 예나의 목적은 옥상 열쇠였다. 언젠가 이 열쇠를 쓸 일이 없기를 바랐을 뿐이었다. 하지만 간절히 바라는 것은 항상 오지 않고 원치 않는 것은 반드시 찾아왔다.

예나는 어두운 운동장을 가로질러 걸어갔다. 교무실이나 숙직실에서 누군가 자기를 발견하고 뛰어나와 주기를 바랐다. 하지만 학교는 침묵과 깊은 어둠에 휩싸여 있을 뿐이었다.

예나는 계단을 올라갔다. 옥상 문은 잠겨 있었다. 예나는 열쇠를 꺼내 자물쇠를 열었다. 마지막으로 여는 문이라고 생각하니 바로 문을 통과할 수 없었다. 예나는 잠깐 서 있다가 문을 통과했다.

예나는 옥상 난간 쪽으로 걸어갔다.

멀리 화려한 네온사인이 보였다.

눈물이 주르륵 흘렀다.

한참 그렇게 서 있는데 뒤에서 소리가 났다. 예나는 흠칫 놀라 뒤를 돌아보았다. 누군가 계단을 올라오고 있었다. 예나는 출입문 뒤쪽으로 몸을 숨겼다.

옥상에 올라온 사람은 선생님이 아니었다. 난간 쪽으로

간 아이는 가방 속에서 책을 꺼냈다. 몇 권은 옥상 바닥에 떨어졌다. 어둠 속에 우두커니 서 있던 아이는 책을 난간 밖으로 던졌다.

한 권.

두 권.

세 권.

아이의 뒷모습은 슬퍼 보였다. 어둠이 그 아이의 형체를 지우고 있는 것 같았다.

한밤중 옥상에서

"다음엔 네가 뛰어내릴 거냐고."

예나가 휘에게 물었다.

휘는 말없이 옥상 아래쪽을 내려다보았다. 아찔한 높이였
다. 휘는 다시 고개를 돌렸다. 예나가 표정으로 묻고 있었다.
휘는 고개를 끄덕였다.

"왜?"

예나가 묻자 휘는 오른손을 들어 보였다.

"망가졌잖아. 병원에 있느라 한 달이나 결석했는데도 몰랐
단 말이야?"

"그랬구나. 몰랐어. 난 공부하느라…… 아니 공부하는 척
하느라……."

"척?"

"다들 내가 공부만 하는 줄 알았겠지만 난 허깨비처럼 몸만 왔다 갔다 했거든. 머리로는 딴생각하면서."

휘가 한숨을 쉬었다. 예나가 다시 물었다.

"근데 만화책은 왜 집어던지는 거야?"

"손가락이 고장 나서 이젠 만화를 못 그리게 됐다고! 꿈이 박살 나서 죽으려는 거다. 이제 됐나?"

"아, 만화. 그렇구나, 넌…… 꿈도 있었구나."

예나가 무표정한 얼굴로 말했다. 휘는 어이가 없었다.

"몰랐던 것처럼 말하네? 내가 쓴 만화 스토리 좀 봐 달라고 했던 거 생각 안 나?"

"안 나."

"교문 앞에서 내가 캐리커처 그려 주는 것도 봤을 텐데?"

"못 봤어."

예나가 물끄러미 휘를 바라보며 중얼거렸다. 달빛에 예나의 얼굴이 더욱 창백하게 보였다.

"그래도 넌 꿈이라도 꿔 보고 죽으려는 거잖아. 하지만 난…… 꿈도 없어."

휘는 예나를 멍하니 바라보았다.

"맨날 공부만 한 건 꿈을 이루기 위한 거 아니었어?"

"딴생각만 했다니까! 난 하고 싶은 게 없어. 아무것도. 그

래서 문밖으로 나가 보려고. 거기가 어디든 여기만 아니면
돼."

"여기가 어때서?"

"가면의 세계. 미련 둘 필요 없는 추한 인간들의 세계. 지루
하고 답답하고 숨 막히는 감옥이잖아."

"그거 중2병 오타쿠 같은 대사라는 생각 안 드냐?"

"네가 옥상에서 만화책 집어던지는 것도 충분히 오글거리
는 짓 아니니?"

휘와 예나는 서로 마주 본 채 그렇게 서 있었다.

끼이익-

계단 쪽에서 발자국 소리가 들렸다. 철문이 열리고 진구가
나타났다.

진구는 이미 옥상에 올라와 있는 휘와 예나를 보고 깜짝
놀랐다. 도대체 왜? 둘이서 옥상에? 이 한밤중에? 그런 생각
들이 번갯불처럼 지나갔다. 예나와 휘도 놀라기는 마찬가지
였다. 넌 또 왜? 어째서? 입만 벙긋거릴 뿐 말이 되어 나오지
않았다.

"둘이…… 사귀냐?"

진구의 말에 휘가 털썩 주저앉았다. 예나도 팔짱을 끼고
한숨을 내쉬었다.

"하긴…… 사귀는 애들이 이 밤중에 옥상에 올라왔을 리가 없지. 그럼…… 설마 너희들도?"

"자살."

"탈출."

휘와 예나가 동시에 대답했다. 그리고 이어서 예나가 진구에게 물었다.

"근데 넌 어쩌다?"

진구는 고개를 푹 숙이고 주먹을 불끈 쥐었다. 복받치는 감정에 진구의 눈가가 촉촉해졌다.

"아빠가 규철이네 집에 빌러 간다잖아. 그래서 규철이네 주겠다는 통장 뺏어 들고 나왔는데 갈 데가 없더라."

휘 옆에 진구가 털썩 주저앉았다. 서 있던 예나가 조금 떨어져 앉았다.

"다들 죽고 싶을 만큼 힘들었구나……."

멀리서 지나가는 구급차의 사이렌 소리가 들렸다.

휘와 진구와 예나는 각자 한밤중에 옥상에 올라오게 된 이유를 말했다.

휘의 이야기를 들은 진구는 휘가 나약하다고 생각했다. 학교 폭력에 시달려 온몸과 마음이 부서진 자기에 비하면 휘의 손가락 골절쯤은 얼마든지 이겨낼 수 있는 일 같았다.

예나는 휘 아빠가 강압적이긴 하지만 그래도 자기 엄마처럼 앞뒤가 다르진 않다고 생각했다.

휘는 덩치가 작지도 않으면서 바보처럼 당하고만 사는 진구가 미련한 곰 같다고 생각했다.

그러다가 누가 더 힘들고 괴로운지 따지는 건 무의미하다고 생각했다.

"으아아아아!"

진구가 벌떡 일어나 입을 커다랗게 벌리고 소리는 안으로 삼킨 채 괴성을 지르듯 몸부림을 쳤다.

"으아아아아!"

예나도 따라서 소리 없는 비명을 질렀다.

"으아아아아아아아아!"

휘도 소리를 삼키고 비명을 질렀다.

한참 소리 없는 아우성을 질러대던 셋은 다시 털썩 주저앉았다. 모두가 말없이 달만 바라보았다.

휘가 휴대폰을 쥐고 화면을 켰다 껐다 했다. 그러다 포털에 들어가더니 자기도 모르게 웹툰으로 들어갔다.

"뭐 하는 거야?"

"오늘 연재물 새로 올라오는 날이라……."

"너 죽겠다는 거 진심이야?"

예나의 말에 휘는 화면을 껐다.

"정말 웃기지 않나? 한날한시에 학교 옥상에 같은 반 아이들 셋이 올라왔어. 그것도 자살을 생각하면서 말이야."

예나가 말했다.

"우리 셋이 동시에 죽으면 기사 크게 나겠지?"

휘가 말했다.

"안 나. 이젠 뉴스거리도 안 될걸?"

예나가 말했다.

다시 침묵이 이어졌다.

예나가 바닥에서 일어나 난간 쪽으로 걸어갔다. 난간을 짚고 고개를 내밀어 밑을 내려다보았다.

"역시 좀 어정쩡한 높이야."

"?"

"그동안 수도 없이 상상했어. 자살 방법에 대해서. 너희들은 왜 여길 택한 거야?"

"몰라."

진구와 휘가 대답했다.

"학교에 대한 원망 때문이 아닐까? 난 그렇게 생각해. 학교가 우릴 망쳤다고 말하고 싶은 거야. 그래서 난 엄마가 날 발견할 수 있게 내 방이나 화장실을 생각해 본 적도 있어."

"야! 그건 너무 심하잖아!"

휘와 진구가 동시에 소리쳤다.

"여기서 뛰어내리는 건? 마찬가지 아니니? 가장 먼저 발견할 사람이 누굴까? 경비 아저씨? 선생님? 제일 먼저 등교한 아이? 누구라도 엄청나게 충격을 받을 거야. 피투성이로 쓰러진 아이들을 본다는 건 정말 끔찍한 일이겠지. 선생님들은 또 얼마나 힘들겠어. 죄책감에 정신과 치료를 받게 될지도 몰라."

휘와 진구는 아무 말도 하지 못했다.

"무엇보다 문제는…… 여기서 뛰어내려선 백 퍼센트 죽는다는 보장이 없다는 거야. 한 번에 죽지 못해서 온몸에 철심을 박으면 몸은 프랑켄슈타인, 머리는 멍청해져서 침이나 질질 흘리면서 돌아다닐 수도 있겠지."

"그, 그만!"

진구와 휘가 동시에 손을 내저었다.

"그럼 어떻게 죽어야 하는데?"

휘와 진구와 예나는 다시 또 침묵에 빠졌다. 예나는 달을 바라보았다. 진구는 상처 입은 고양이가 혀로 상처를 핥듯 무릎을 세우고 팔짱을 낀 채 자기 몸의 멍자국을 보았다. 휘는 옥상 바닥에 흘린 만화책 한 권을 발견했다. 휘는 손을 뻗어 그것을 집어 들었다.

『배가본드 17』

열혈검객 무사시의 이야기였다. 그는 자기보다 강한 적과도 싸웠지만 무엇보다 내면의 공포와 싸웠다. 그러면서 성장하는 무사시의 독백을 좋아했다.

"진구야."

휘가 말했다.

"내가 너라면 무사시처럼 규철이 패거리를 한 놈씩 박살을 내 줄 거야. 한 놈씩 말이야."

"뭐?"

"어차피 죽을 거라면 뭐가 무서워? 골목길에 숨어 있다가 뒤에서 덮치더라도 그동안 당한 건 갚아 주고 가야지. 안 그래?"

"그, 그럼 아빠는?"

"아빠?"

"아빠가 또 덤터기 쓸 게 뻔하잖아."

"그 아빠가 너한테 해 준 게 뭔데?"

진구는 가만히 생각하다가 혼잣말처럼 중얼거렸다.

"일을 했지. 아주 열심히…… 일을 했지. 죽도록 열심히 말야. 나한테 해 준 건 별로 없지만…… 뭐라도 해 주려고 기를 썼지. 아 씨, 눈물 날라 그래."

진구가 제 말에 울컥해서 눈가가 붉어졌다.

"그러고 보면 아빠도 맨날 얻어터진 것 같았어. 슬프고 억울한 얼굴로 묵묵히 닭만 튀겼어. 할 수 있는 게 그것밖에 없는 사람처럼……."

예나는 할 수 있는 게 그것밖에 없는 사람처럼이란 말이 슬프다고 했다.

휘는 은근한 뚝심 같은 게 느껴져서 오히려 근사하지 않냐고 했다.

진구가 문득 생각난 것처럼 둘을 보며 말했다.

"어쩌면…… 우리도 닭을 튀겨야 하지 않을까?"

"뭐?"

"할 수 있는 걸 그냥 하는 거 말야. 휘, 미완성 원고라도 공모전에 내보는 게 어때? 떨어질 때 떨어지더라도 하고 싶은 거 그냥 하라고!"

"홋, 그러다 당선이라도 되면 너희 아빠 얼굴 볼만하겠다."

예나의 말에 휘가 돌아보며 말했다.

"그럼 너도 닭 좀 튀겨 보지 그러냐?"

"뭐?"

"너도 꿈이 없는 게 아니라 아직 못 찾은 거잖아? 어차피 죽을 거라면 뭘 못 해? 이것저것 다 해 보는 거야. 혹시 알아? 그러다 진짜로 네가 하고 싶은 걸 알게 될지?"

예나와 휘와 진구는 다시 침묵에 빠져들었다.

땀을 흘리며 열심히 닭을 튀기는 진구 아빠의 모습이 떠올랐다. 세상이 무시하고 함부로 대해도, 속상하고 억울한 일을 당해도, 지금 할 수 있는 일을 묵묵히 하는 진구 아빠가 어쩌면 답이 아닐까? 죽고 싶다는 감정은 순간의 착각이 아닐까? 사실은 죽고 싶은 게 아니라 더 행복해지고 싶은 게 아닐까?

각자가 자기 생각에 빠져 어느덧 새벽이 다가오고 있는 것도 몰랐다. 검은 하늘이 푸릇푸릇해지고 새들이 지저귀는 소리가 들렸다. 폭발할 것만 같았던 감정의 소용돌이도 어느새 잔잔하게 가라앉았다.

휘와 진구와 예나는 서로를 바라보았다.

"우리 세 달만 미룰까?"

휘가 먼저 입을 열었다.

"세 달?"

"응. 난 공모전에 원고 보내고 결과를 보는 거야. 진구 너도 복수할 놈들한테 복수하고, 예나도 하고 싶었던 것 다 해 보고. 그리고 세 달 뒤에 다시 여기서 만나는 거야. 여전히 죽어야만 할 이유가 충분하다면 그때 해도 늦지 않아. 어때?"

휘의 말에 진구와 예나는 서로를 빤히 쳐다봤다. 그러다가 천천히 고개를 끄덕였다.

"야, 이거 무슨 삼국지 도원결의 같지 않냐?"

"한밤중 학교 옥상에서?"

휘와 진구, 예나는 자기도 모르게 피식 웃었다. 혼자가 아니라서 다행이었다. 셋이라서 좋았다.

전구소년 1화

펜촉에서 잉크가 흘러나와 종이에 닿으면서 하나의 선이 그어졌다. 그러나 선은 휘가 그리고 싶은 대로 나아가지 않았다. 펜촉이 종이 위를 달리다가 멈췄다. 잉크가 점점 번져 하나의 커다란 점이 되었다. 검은 점은 점점 커다랗게 변했다.

휘는 펜을 놓았다.

그동안 그린 만화 원고는 아빠가 버렸으니 새로 그린다고 해도 공모전까지 완성작을 만든다는 것은 무리였다.

휘는 머리를 쥐어뜯으며 비명을 질렀다.

"무슨 일이야?"

엄마가 방문을 열고 들어왔다. 휘가 만화를 그리려다 절망해서 비명을 질렀다는 것을 간파한 엄마가 팔짱을 끼고 휘를 가만히 바라봤다.

"아직도니?"

"끝낼 때 끝내더라도 공모전에 내보기는 하려고. 내가 정말 재능도 없이 무모하게 덤벼든 건지 아닌지 확인해 보려고."

"이제부터 다시 그려서?"

"응."

"잠깐 기다려."

엄마가 서재로 가서 휘가 준비 중이던 만화 원고 뭉치를 들고 왔다. 마지막 몇 장은 이미 찢겨서 날아가고 없었다.

"아직 안 버렸어?"

휘가 놀란 눈으로 엄마를 보았다.

"버리려고 하는데 아빠가 말렸어."

"왜?"

휘는 아빠의 마음이 변한 게 아닐까 실낱같은 희망을 안고 물었다. 엄마가 천천히 고개를 저었다.

"이건 네 손으로 직접 버려야 한다고 남겨 두라고 했어. 제 손으로 찢어 버리기 전엔 쉽게 포기 못 할 거라고."

속을 알 수 없는 눈빛으로 휘를 말없이 바라보던 엄마가 방에서 나갔다.

휘는 원고 뭉치를 들고 생각했다.

과연 나에게 만화의 재능이 있는 걸까? 정말 재능도 없이 무모하게 덤벼든 건 아닐까?

휘는 냉정한 눈으로 원고를 보았다. 역시 그림이 훌륭하다는 생각은 들지 않았다. 하지만 만화는 글과 그림이 만나서 완성되는 예술이다. 훌륭한 그림이면 더욱 좋겠지만 스토리가 좋으면 그림까지 좋아 보일 수도 있다.

하지만 원고가 밟히고 구겨져서 이대로 제출할 순 없었다. 다시 그려야만 했다.

일단 스토리도 다시 정리하자. 시놉시스도 내야 하고 콘티 작업도 해야 한다.

휘는 컴퓨터의 워드를 켜고 새 문서를 불러왔다. 타자 속도는 느렸지만 휘는 몸을 웅크리고 만화 스토리를 쓰기 시작했다.

전구소년 (깜휘 글)

프롤로그

전구소년은 태어날 때부터 머리가 알전구였다. 지구상에 단 하나뿐인 돌연변이. 눈이 없지만 마음으로 볼 수 있고, 귀가 없지만 진실의 소리를 들을 수 있고, 입이 없어도 마음으로 말할 수 있는 이상한 존재였다. 결정적으로 뇌조차 없는 텅 빈 머리였지만 가느다란 필라멘트가 빛을 뿜어내면 어둠에 휩싸인 주변을 환하게 밝힐 수 있었다.

전구소년은 마음의 상태에 따라 빛의 밝기가 달라졌다. 긍정 에너지가 넘칠수록 빛은 강렬해졌다. 우울하거나 절망에 빠졌을 땐 빛이 사그라졌다.

제1화 좀비를 끌어안다

전구소년은 거대한 탑 앞에 서서 위를 올려다보았다. 맨 꼭대기 층은 하늘 높이 치솟아 구름을 뚫고 들어가 보이지 않았다. 마천루라고 불리는 100층 탑 꼭대기에는 수많은 도전자들이 쟁취하고자 했던 비밀의 상자가 놓여 있었다.

도전자들은 마천루로 들어가 각각의 층을 지키고 있는 수호신과 싸워 이겨야만 한 층 위로 올라갈 수 있었다. 지금까지 수많은 도전자들이 있었지만 아직까지 꼭대기 층까지 올라간 자는 없었다.

전구소년은 각오를 단단히 하고 마천루로 들어섰다.

1층.

거대한 숲.

고목들이 빽빽하게 들어찬 숲에 서늘한 바람이 불었다. 나뭇가지들이 뒤엉킨 숲은 햇빛조차 들지 않아 어두컴컴했다. 전구소년이 빛을 뿜어내며 주위를 둘러보았다. 굵은 나무둥치밖에는 보이지 않았다.

뚝!

위에서 빗방울이 전구소년의 팔뚝 위로 떨어졌다. 빗방울이라고 하기엔 너무 끈적끈적했다. 전구소년은 위를 보았다.

"헉!"

전구소년은 뒤로 주춤 물러섰다. 거대한 나무의 높은 가지 위에 밧줄로 목을 맨 좀비가 매달려 있었다. 전구소년의 팔뚝에 떨어진 건 빗방울이 아니라 좀비가 흘린 눈물이었다. 시뻘겋게 충혈된 눈동자. 진물이 흐르며 썩어 문드러지는 피부. 듬성듬성 빠진 이빨. 컥컥거리는 마른 신음 소리. 전구소년은 한동안 땅에 붙잡힌 듯 그 자리에 서서 꼼짝을 못했다.

전구소년은 주위를 둘러보았다. 오른쪽으로 서른 걸음쯤 떨어진 곳에 2층으로 올라가는 계단이 보였다. 전구소년은 전력 질주했다. 계단 입구에 발을 딛는 순간 쾅, 전구소년은 투명한 벽에 부닥쳐 뒤로 나동그라졌다.

"위층으로 올라가는 유일한 방법은 각 층의 수호신을 이겨야 한다는 것이다."

허공에 대롱대롱 매달린 좀비가 말했다. 목소리에 썩은 냄새가 함께 섞여 풍기는 듯했다. 좀비는 교수형을 당한 것 같았다. 입고 있는 옷은 색깔을 알아볼 수 없었다.

순간 발밑의 흙이 꿈틀꿈틀 들썩이더니 시커먼 손이 튀어나와 전구소년의 발목을 잡았다. 전구소년은 소스라치게 놀라 그 손을 걷어찼다. 사방에서 흙이 들썩이더니 묻혀 있던 좀비들이 깨어나기 시작했다.

흉측한 좀비들이 기괴한 소리를 내며 다가왔다. 전구소년은 다가오는 좀비를 향해 주먹을 날렸다. 좀비는 맥없이 쓰러졌다가 다시 일어났다.

퍽-

퍼퍽-

전구소년은 끝없이 수를 늘리며 달려드는 좀비를 향해 주먹을 날리고 발차기를 했다. 좀비들은 쓰러지면서 더욱 만신창이로 변해 갔지만 넘어지면 다시 일어나고 넘어지면 다시 일어났다.

전구소년은 자신의 감정을 뜨겁게 달궜다. 필라멘트가 강한 빛을 뿜어내기 시작했다. 좀비들이 팔뚝으로 눈을 가리며 괴성을 질렀다. 그러면서도 두 팔을 벌리고 비틀비틀 처벅처벅 전구소년에게 다가왔다.

콱-

콱-

마침내 전구소년은 좀비들에게 손목과 발목을 잡힌 채 축축한 땅에 눕혀졌다. 고작 1층에서 도전은 실패하고 마는 것인가? 전구소년은 참담한 마음이 되었다.

그때 전구소년의 눈에 나무에 매달린 좀비가 들어왔다. 좀비의 붉게 충혈된 눈동자가 촉촉했다. 전구소년의 팔뚝에 눈물을 떨어뜨린 붉은 눈이었다. 자세히 보니 좀비는 전구소년과 비슷한 또래의 소년이었다.

"넌 이름이 뭐냐?"

전구소년이 소리쳤다.

"이름?"

"그래, 이름 말이야. 너도 이름은 있을 거 아냐?"

"그건 알아서 뭐 하게?"

"내가 누구와 싸웠는지 누구에게 졌는지 그건 알고 죽고 싶어서 그런다."

좀비 소년의 눈동자가 더 붉어졌다. 이번엔 하얀 눈물이 아니라 붉은 피눈물이 떨어졌다.

"몰라. 나도 이름이 있었겠지. 하지만 지금은 잊었어."

"이름을 잊다니 그게 말이 돼?"

"아무도 내 이름을 불러 주지 않으니까! 다들 나를 그냥 좀비라고만 부르니까!"

좀비 소년이 소리쳤다.

언제부터였을까? 죽은 것도 산 것도 아닌 좀비가 된 것은? 교수형을 당하던 그 순간부터 지금까지 저렇게 반죽음의 상태로 매달려 있었던 걸까?

몇십 년? 혹은 몇백 년?

더 끔찍한 건 좀비는 완전히 죽지 않는다는 것이다.

"고통도 느끼나?"

전구소년이 소리쳤다.

"느껴."

좀비 소년의 말에 전구소년은 등골에 소름이 돋았다. 고통을 느끼다니! 그것도 영원히! 너무 끔찍한 일이었다. 그가 누구였고, 어째서 좀비가 되었는지 묻고 싶었다.

알 수 없는 힘이 솟구친 전구소년은 손목과 발목을 누르고 있는 좀비들을 뿌리치고 다시 튕겨 일어났다. 전구소년은 다시 달리기 시작했다.

이번엔 2층으로 올라가는 계단이 아니라 좀비 소년이 묶여 있는 나무였다. 전구소년은 나무를 타고 오르기 시작했다. 힘겹게 나무를 타고 오른 전구소년은 좀비 소년의 목에 걸려 있는 밧줄까지 기어갔다. 밧줄은 너무 단단해서 쉽게 풀 수 없었다. 단단한 매듭이었다. 전구소년은 자기 머리를 딱딱한 나무 기둥에 부딪혔다.

퍽-

전구 유리가 깨지고 파편이 튀자 전구소년은 파편을 잡았다. 그것을 칼 삼아 밧줄에 문질렀다. 굵은 동아줄 올이 풀리기 시작했다.

잠시 후, 밧줄이 끊어지면서 좀비 소년이 땅으로 곤두박질쳤다. 전구소년도 바닥으로 떨어졌다.

얼마나 시간이 지났을까?

전구소년이 눈을 떴다.

좀비 소년이 자기를 내려다보고 있었다. 그 뒤에는 무수히 많은 좀비들이 서 있었다. 아까와는 사뭇 다른 표정이었다.

"왜 이런 짓을 했지?"

좀비 소년이 물었다.

"산 것도 아니고 죽은 것도 아닌 네가 불쌍해서! 내가 너라면 외로웠을 거야."

전구소년은 그렇게 말하고 좀비 소년을 가만히 끌어안았다.

좀비 소년의 눈동자가 커졌다.

"많이 아팠지?"

전구소년이 말했다. 좀비 소년의 눈에서 붉은 눈물이 주르륵 고름처럼 흘러내렸다.

뚝-

전구소년의 팔뚝에 붉은 눈물이 떨어졌다. 그 순간 2층으로 가는 계단의 투명한 벽이 스르르 올라갔다. 전구소년이 의아한 눈빛으로 계단 입구와 좀비 소년을 번갈아보았다.

"이제 2층으로 올라가도 돼."

좀비 소년이 말했다.

"어, 어째서? 내가 졌잖아?"

"나를 위해 나무에 오르기 시작한 순간 이미 넌 나를 이겼어."

좀비들이 흔적 없이 사라졌다. 거대한 숲에 햇빛이 비추기 시작했다. 전구소년의 깨진 머리를 햇빛이 쓰다듬었다. 전구소년의 머리는 원래대로 돌아왔다. 전구소년은 계단으로 걸어갔다.

(계속)

시간은 벌써 새벽 3시를 넘어가고 있었다. 휘는 만화 스토리를 진구와 예나에게 메일로 보냈다. 그리고 까무러치듯 잠이 들었다.

남에게 네 인생을 묻지 마

카톡이 울렸다. 휘는 잠결에 휴대폰을 들었다. 예나와 진구에게서 온 문자였다.

예나 읽어 봤어. 진짜 좋아! ^^
근데 이게 왜 좋지? 왜 위로가 되고 찡한지 모르겠어. 이상해. ㅜㅠ
좀비가 나 같아서 그랬나?
아, 모르겠다. 암튼 개좋아.

진구 봤다. 근데 글만 봐선 잘 모르겠다.
주인공이 너무 약하지 않냐?
좀 더 세게!
열혈물다운 액션 신이 있어야 하지 않겠냐?

휘는 빙그레 웃으며 일어났다. 자칫하면 지각할 시간이었다. 엄마와 아빠는 벌써 출근하고 없었다. 휘는 세수도 못 하고 겨우 가방만 챙겨 들고 나왔다.

거리엔 학생과 출근하는 사람들이 무리 지어 흘러가고 있었다.

휘는 전철역으로 향하는 길목에 있는 학교 정문 앞에서 걸음을 멈췄다.

휘는 교문을 빤히 쳐다봤다. 지각한 아이들이 휘의 어깨를 치며 뛰어갔다. 생활지도 선생님이 휘를 향해 소리쳤다.

"야, 인마! 빨랑 안 뛰고 뭐 해?"

"……."

"지각이야!"

"……."

"어라?"

휘는 마치 뭔가에 홀린 듯 서 있기만 했다. 생활지도 선생님이 어처구니없다는 듯 헛웃음을 날렸다. 멍하니 교문을 바라보고 있던 휘가 갑자기 휙 돌아섰다.

"야! 감휘! 너 어디가?"

거리는 한산했다. 마치 아이들이 사라진 도시 같았다. 휘는 낯선 거리의 이방인처럼 사람들의 눈치를 보며 집으로 돌아갔다. 교실에 앉아 있기엔 시간이 너무 아까웠다. 죽기 전에 스토리를 더 써 보고 싶었다. 만화도 더 그려 보고 싶었다. 엉성한 그림체로도 훌륭한 만화가가 될 수 있다는 것을 보여 준 만화가 강본드처럼 휘도 그 가능성을 시험해 보고 싶었다.

휘는 엄마 아빠가 출근하고 비어 있는 집에서 오전 내내 스토리를 썼다. 오후엔 웹툰 서핑을 했다. 그러다가 강본드가 도서관에서 강연을 한다는 광고를 발견했다. 휘는 심장이 쿵쿵쿵 뛰기 시작했다. 휘는 만화 원고 뭉치와 스토리 한 부를 출력해서 집을 나섰다.

국립중앙도서관 입구에 '강본드 작가 초청 웹툰 만화 스토리 특강' 현수막이 걸려 있었다.

휘는 설레는 마음으로 강본드 작가의 강연을 들었다. 강연이 끝나자 청중이 책을 들고 가서 사인을 받았다.

휘는 사인이 끝나기를 기다렸다가 주차장으로 가는 강본드의 뒤를 따라갔다.

"저기요."

"응? 사인?"

강본드가 뒤를 돌아봤다.

휘는 가방에서 너덜너덜해지도록 본 강본드의 대표작을

꺼내 내밀었다. 강본드가 멋지게 사인을 해 주었다. 휘는 나도 언젠가 저런 사인을 할 날이 올까 하는 생각을 했다.

"그리고 이것도 좀 봐 주세요."

휘는 만화 원고를 내밀었다.

강본드는 만화 원고를 대충 훑어보았다.

강본드의 무표정한 얼굴에 휘는 초조했고, 강본드의 입가에 미소가 감돌면 휘의 눈빛도 반짝였다. 강본드가 눈썹을 실룩이며 앞뒤로 페이지를 넘겼다 다시 되돌릴 때는 불안해서 안절부절못했다.

"공모전에 낼 거니?"

"네."

"넌 어떤 만화가가 되고 싶은데?"

"음…… 재미있고 감동적이고 멋있는 만화를 그리는 만화가요!"

"그런 막연한 대답이 나올 줄 알았다."

강본드가 피식 웃었다. 휘는 다시 정신을 바짝 차리고 말했다.

"지금은 이렇게밖에 대답할 수 없어요. 하지만 전 만화를 진짜 좋아해요. 좋은 만화를 보면 마음이 뜨거워져요. 눈이 맑아지고 머리도 깨끗해지는 것 같아요. 만화 캐릭터들도 너무 좋아요. 만화의 세계는 무궁무진하잖아요. 아, 저는 그런 만화도 그리고 싶어요."

"어떤?"

"약한 사람도 이길 수 있다는 걸 보여 주는 만화요."

"장르는?"

"여러 가지 다요."

강본드가 또 웃으며 만화 원고 뭉치로 휘의 머리를 툭 쳤다.

"그게 말이 돼? 한 장르도 제대로 하기 힘든데."

"팬을 때려요?"

"넌 그냥 독자 해라."

"네?"

"만화가는 타고난 재능이 있어야 돼. 노력만으론 안 되는 지점이 있거든. 근데 넌 노력도 부족한 것 같다. 일단 끝을 못 냈잖아?"

"그, 그건……."

"게다가 무진장 평범해."

"포기하라고요?"

"응."

강본드는 휘에게 만화 원고를 돌려주고 차에 탔다. 강본드의 차가 미련 없이 멀어져 갔다. 휘는 실망감으로 거의 울 것 같았다. 엄청난 칭찬을 기대한 것은 아니었지만 재능이 없으니 포기하라는 말을 들을 줄은 몰랐다. 휘는 만화 원고를 손에 쥔 채 오랫동안 그 자리에 서 있었다.

"야! 문 열어!"

예나와 진구는 휘의 집 현관문 벨을 마구 눌렀다. 예나는 주먹으로 현관문을 마구 두들겼다.

휘가 축 처진 얼굴로 문을 열었다. 거북이 목을 한 휘는 넋 나간 사람처럼 자기 방으로 들어갔다.

휘는 커다란 쓰레기봉투를 앞에 놓고 만화 원고와 스토리를 가위로 자르려고 했다.

"불태우려고 했는데 태울 만한 장소가 없어서 잘라서 버리기로 했어."

"그만둬!"

예나가 소리쳤다.

"아빠 말이 맞아. 내 손으로 없애 버려야 미련이 남지 않을 거야."

"너 바보야? 강본드가 뭔데? 그 사람이 재능 없다고 하면 재능 없는 거야?"

"내 우상을 함부로 말하지 마."

"한심아! 노벨상 받은 작가도 까려고 들면 얼마든지 깔 수 있어. 평범한 학생인 나조차도!"

"……."

"도스토옙스키가 헤밍웨이의 작품을 뭐라고 평할 것 같아? 문장이 지나치게 짧고 건조하다고 하겠지. 반대로 헤밍웨이는 도스토옙스키가 지나치게 수다스럽다고 할 거야."

"……."

"공모전이라는 건 어느 정도 운이 따라야 해. 심사위원 취향도 있고. 그러니까 쓸데없는 짓 하지 말고 공모전에 내. 우리가 한 약속 잊었어?"

그러자 지켜보고 있던 진구가 끼어들었다.

"옛날에 텔레비전에서 무슨 오디션 프로그램 심사하는 거 보니까 자기가 혹평해 놓고는 나중엔 까맣게 잊어 먹고 마구 칭찬하고 그러더라. 강본드가 깜빡 제정신이 아니었을 수도 있잖아. 급한 약속이 있었다거나…… 화장실이 급했다거나."

"야, 오진구!"

예나가 진구를 불렀다.

"응?"

"너 휘 좀 지키고 있어. 한 장도 못 버리게. 알았지?"

"어디 가게?"

"강본드 데리러!"

예나가 씩씩거리며 밖으로 나갔다. 휘와 진구는 놀란 토끼 눈을 하고 서로를 마주 보았다.

휘의 집을 나온 예나는 출판사에 전화를 걸었다. 강본드의 연락처와 주소를 가르쳐 달라고 하자 출판사에서는 작가의 개인정보는 가르쳐 줄 수 없다고 했다. 예나는 사정을 말했다. 강본드의 말 한마디 때문에 친구가 꿈을 포기하게 됐다고. 출판사에서는 미안하지만 그래도 알려 줄 수는 없다고 했다.

"SNS로 물어보세요."

예나는 강본드가 하는 SNS 앱을 다운 받아 신규 가입을 했다. 그리고 강본드를 팔로우한 다음 메시지를 보냈다.

왜 그런 말을 하셨어요? 제 친구가 작가님 말 한마디에 상처 받아서 스스로 날개를 꺾으려 하고 있어요. 연락 주세요. 급해요!

해가 뉘엿뉘엿 넘어갈 무렵이었다. 휘와 진구는 쓰레기통을 가운데 놓고 눈싸움이라도 하듯 마주 앉아 있었다. 진구의 손에는 휘의 가위가 들려 있었다. 현관 벨이 울렸다. 진구가 달려가 문을 열었다. 예나가 먼저 들어서고 뒤에 반바지에 슬리퍼 차림의 강본드가 산적 같은 얼굴로 들어섰다.

"휘, 휘야! 진짜로 왔다!"

진구가 소리쳤다.

예나는 강본드를 방으로 데리고 들어가서 말했다.

"아까 저한테 한 얘기 그대로 휘에게 해 주세요."

예나가 강본드에게 말했다.

강본드가 쓰레기봉투와 가위와 만화 원고를 보더니 진지한 얼굴로 말했다.

"나는 나한테 만화 원고를 보여 주고 어떠냐고 묻는 애들한테 항상 똑같이 말해. 너에게 했던 것과 똑같이."

"?"

"평범하다. 재능 없다. 포기해라!"

강본드가 빙그레 웃으며 밤샘 작업을 하느라 떡이 진 머리를 긁으며 말했다.

"왠 줄 알아? 첫째, 재능이 없다는 말에 포기할 정도의 의지라면 차라리 빨리 포기하는 게 낫기 때문이야. 둘째, 진짜 재능이 있다면 내 말 따위에 아랑곳하지 않고 계속 만화를 하겠지? 그런 애는 언젠가는 반드시 데뷔하게 돼. 그러니까 난 아무렇게나 말해도 돼. 셋째, 예술은 어떤 한 사람이 평가할 수 있는 게 아니거든. 그걸 알아야 예술가가 될 수 있다. 그러니까 네가 진짜 만화를 하고 싶다면 그냥 하면 되는 거야."

"……."

"그럼에도 불구하고 내가 여기까지 온 건 네 친구 때문이야. 너도 알겠지만 내 만화는 항상 인간이 먼저거든. 됐냐?"

휘는 감격해서 행복한 얼굴로 눈물을 주르륵 흘렸다.

"아무튼 공모전 당선되면 한잔하자."

"저희 학생인데요?"

"아! 콜라로!"

강본드가 삐죽삐죽 나온 수염을 문질렀다.

"그래. 그리고 명심해라."

"뭘요?"

"앞으론 절대로 남한테 네 인생을 묻지 마!"

강본드가 돌아간 후 휘는 의자에 앉아 생각에 잠겨 있었다. 휘는 벌떡 일어나 서류 봉투에 만화 원고와 스토리를 넣었다. 겉봉에 공모전 주소를 적었다. 그리고 예나와 진구에게 말했다.

"우체국 갔다 올게."

"아직 완결 못 했잖아?"

"마감일이라 어쩔 수 없어. 이대로 보내는 수밖에."

엄마는 왜 거기에?

편의점 불빛이 거리로 쏟아져 나오고 있었지만 어두운 거리를 완전히 환하게 비추지는 못했다. 진구와 예나가 컵라면을 먹고 있을 때 휘가 달려와 테이블 위에 묵직한 가방을 올려놓고 지퍼를 열었다.

"이게 다 뭐야?"

진구가 놀란 얼굴로 휘를 보았다. 휘는 심각한 표정으로 말했다.

"규철이를 미행하다가 혼자 있을 때 뒤에서 빠악!"

"뭐어?"

진구가 소스라치듯 놀랐다.

"내가 본 만화 중에 이런 게 있어. 맨날 얻어터지고 다니던 녀석이 하루는 결심을 하는 거야. 혼자서 여럿을 상대할 수 없으니까 각개 격파를 하기로 한 거지. 그런데 일대일로도 싸워서 이길 자신이 없었어. 그래서 수단과 방법을 가리지 않고 골목을 지키고 있다가 벽돌로 빡, 물론 만화에선 그런 식으로 여러 명을 상대하지만 현실에선 아마 한 놈만 혼을 내 줘도 소문이 쫙 퍼져서 다시는 건드리지 못할 거야. 혹시 몰라서 가면도 갖고 왔어. 어때?"

"너 미쳤냐?"

"말로 해선 안 통하니까!"

"……."

진구는 한참 생각하더니 입을 열었다.

"그거 테러 아냐?"

"억울하잖아. 도대체가 말로 해서는 안 들어 처먹잖아!"

"아무리 그렇다 해도 이건 아닌 것 같다."

"왜?"

"난 평화주의자라고 했잖아."

휘는 어이없다는 듯 진구를 빤히 쳐다봤다.

"못 하겠으면 넌 빠져. 내가 해결해 줄게."

"뭐?"

"해결사가 되어 주겠다고. 어차피 죽을 건데 무슨 짓인들 못 해?"

휘가 눈빛을 번뜩였다.

예나는 말없이 컵라면을 다 먹고 국물까지 비운 다음 빈 컵을 테이블에 탁 내려놓았다.

"난 찬성!"

깊은 밤, 규철이가 학원에서 나왔다. 규철이는 아이들과 헤어져 걷기 시작했다. 휘와 예나는 규철이의 뒤를 따라 걸었다.

휘가 가방 지퍼를 열고 벽돌을 꺼내 움켜쥐었다. 그리고 규철이 쪽으로 가려는 순간이었다.

콱!

뒤에서 달려온 진구가 휘의 허리를 두 팔로 감았다.

"안 돼. 하지 마."

"놔."

"하지 마!"

"왜?"

"그냥…… 하지 마."

"쓸데없는 소리 말고 이 손 놔!"

"규철이도 너랑 똑같을지 몰라!"

"뭐?"

휘가 의아한 눈으로 돌아봤다.

"너희 아빠가 너한테 변호사 되라고 다그치는 것처럼 규철이도 집에서 받는 스트레스가 장난이 아닐 거야. 그래서 그랬을 거야. 지금 이런 식으로 복수한다고 규철이가 바뀔 것 같아? 시간이 지나면 언젠가 규철이도 알게 될 거야. 자기가 지금 무슨 짓을 했는지. 그리고 후회할 거야."

"아, 이 손 놓으라고!"

"내가 조금만 더 버티면 돼. 고등학교 가면 규철이와도 끝이야. 다시 볼 일 없어. 날 괴롭히고 싶어도 못 괴롭혀. 그리고 난…… 규철이 용서했어."

예나가 팔짱을 끼고 듣고 있다가 갑자기 웃음을 터뜨렸다.

"쥐가 고양이 생각해 준다는 말이 딱 맞네. 용서했다고? 규철이는 사과도 하지 않았는데? 오진구! 넌 그냥 겁쟁이일 뿐이야."

예나는 날카로운 메스로 진구의 마음을 낱낱이 발라서 해부하겠다는 듯 말했다.

"평화주의? 비폭력? 그런 말은 약자가 하는 게 아니라 강자가 하는 거야. 힘이 있어야 주먹을 안 쓰고 평화를 지키지. 힘도 없는 게 무슨 용서? 넌 그냥 싸움이 두려워서 도망치고 싶을 뿐이잖아!"

진구는 말문이 막혔다.

"내 말이 틀려?"

진구가 거의 울 것처럼 힘겹게 입을 열었다.

"그래. 예나 말이 맞아. 난 겁쟁이야. 겁나 죽겠어. 복수할 힘도 없고 배짱도 없어. 우리 아빠 회사에서 짤리고 치킨집 해. 맨날 찌그러져 살아. 그래도 난 아빠를 한심하다고 생각한 적 없어. 왜? 나도 이젠 알거든. 힘센 놈 앞에선 아무리 내가 옳아도! 옳은 게 아닌 게 되거든! 아무리 개겨도! 결국 깨지거든! 힘센 놈에게 반항하면 반항할수록 더 깨지거든!"

"……."

"사람들이 왜 만화를 좋아하는지 알아? 현실하고 다르니까. 현실에선 일어날 수 없는 일들이 만화 속에선 일어나니까! 힘이 약한 놈도 센 놈한테 이기니까! 결국엔 정의가 이기니까! 하지만 현실은 안 그래."

진구는 그렇게 말하고 돌아섰다.

"진구야!"

휘가 진구를 붙잡았다.

"그런데 한 번쯤은…… 현실이 만화 같아도 되지 않을까?"

진구와 휘는 말없이 서로를 바라보았다. 진구는 그래도 자기의 생각이 맞다는 듯이. 휘는 휘대로 자기의 생각이 맞다는 듯이. 예나는 그런 두 사람의 팽팽한 시선 사이에 우두커니 서 있었다.

규철이는 어느새 사라지고 없었다. 하늘엔 달만 둥그렇게 떴다. 아무 말 없이.

진구는 닭을 튀기고 있는 아빠의 뒷모습을 물끄러미 바라보았다.

발 디딜 틈 없는 닭장에서 성장촉진제가 들어간 사료를 먹고 피둥피둥 살이 쪄서 도축장에 끌려가 토막토막 부위별로 잘려지고 다시 튀김옷에 입혀져 뜨거운 기름 속으로 던져지는 닭이 저항을 한다면 어느 과정에서 할 수 있을까? 그 저항은 성공할 수 있을까? 아닐 거라고 진구는 생각했다.

죽음 외에는 다른 방법이 없다고, 빨리 죽느냐 늦게 죽느냐의 차이만 있을 뿐이라고 진구는 생각했다.

"아빠 이게 뭐야?"

테이블 위에 편지 봉투가 놓여 있었다. 겉봉에 '내용증명'이라고 적혀 있었다. 진구는 봉투를 열어 보았다. 진구의 눈동자가 재빠르게 내용을 읽어 내려갔다.

"아빠!"

진구는 벌떡 일어났다.

"집주인이 가게 비우라는 거잖아?"

"임대료를 터무니없이 올려달라고 해서 형편이 안 된다고 했더니 가게 비우란다."

"계약 기간 남았잖아?"

"거의 다 끝났어."

"인테리어 하는 데 돈 많이 들었다며?"

"많이 들었지."

"근데 그건 보상도 안 해 주고 그냥 나가라고?"

"응."

"처음엔 오래 있으라고 했다며?"

"말뿐이었던 거지."

아빠는 말없이 닭만 튀겼다. 진구는 털썩 주저앉았다. 어떤 보이지 않는 손이 아빠를 두들겨 패고 있는 것 같았다. 아빠의 땀에 젖은 옷을 걷으면 온통 멍자국일 것만 같았다.

"아빠."

"응?"

"우린 왜 맞고만 살지?"

진구는 혼잣말처럼 중얼거렸다. 아빠는 아무 말도 하지 못한 채 눈만 끔벅거렸다.

"진구야!"

휘에게서 전화가 왔다. 진구는 자려고 누웠다가 전화를 받았다.

"왜?"

"여기 규철이네 집 앞이거든."

"뭐? 네가 왜 거기 가 있어? 설마 아직도 포기 안 한 거야?"

"네가 못하면 나라도 해야겠다고 생각했거든. 근데 여기 규철이네 집 앞에 와 보니까 대문 앞에 누가 서 있는데⋯⋯
아무래도 너희 엄마 같아."

"뭐?"

진구는 화들짝 놀라 벌떡 일어났다.

진구는 서둘러 규철이네 동네로 들어섰다. 고급 주택가였
다. 중세 시대 성벽 같은 높은 담장과 감시 카메라들. 마당이
엄청 넓은 단독주택들이 있는 동네였다. 골목 입구엔 사설 경
비초소도 있었다.

진구가 달려오자 휘가 손짓했다. 그리고 규철이네 대문 앞
에 서 있는 아줌마를 가리켰다. 진구 엄마가 맞았다.

진구 엄마는 진구의 피멍 든 부위를 찍은 사진들을 붙인 패
널을 들고 서 있었다. 패널엔 '사과하세요!'라고 적혀 있었다.

"아까부터 저러고 계시더라. 꼼짝도 않고⋯⋯."

"어, 엄마⋯⋯."

진구의 입술이 파르르 떨렸다.

"2층에서 규철이가 몇 번 내다보기도 했어."

휘가 말하는 동안 진구 엄마 옆을 지나가던 고급 승용차가
멈춰 섰다. 옆으로 비켜갈 수도 있는 넓은 길이었는데도 굳이
진구 엄마를 정면으로 향해 서서 비키라고 했다. 진구 엄마는
비키지 않고 그냥 서 있었다. 차창이 내려오고 운전석에 앉은

여자가 신경질적으로 진구 엄마를 노려보며 뭐라고 구시렁 거렸다. 그래도 진구 엄마가 비키지 않자 핸들을 꺾었다.

진구는 엄마에게 뛰어갔다.

"엄마, 여기서 뭐 해?"

진구 엄마는 진구를 보자 눈시울이 붉어졌다. 그동안 참았던 감정이 주체할 수 없이 밀려오는 것 같았다.

"······사과 받으려고."

"사과할 리가 없잖아."

진구가 소리쳤다. 사랑하는 사람이 괴로움을 자처하고 있을 때 따뜻한 말보다는 오히려 타박하고 화내는 말을 하듯이.

"그래도 사과는 받아야지."

"나와 보지도 않는데 무슨 사과?"

진구 엄마는 그대로 꼿꼿하게 서서 규철이네 집을 쳐다봤다. 절대로 넘어설 수 없는 철옹성 같았다.

"그만하고 가자."

진구가 엄마 손을 잡아당겼다. 엄마가 그 손을 천천히 뿌리쳤다.

"진구야."

"응?"

"엄마가 너한테 너무 미안해. 네가 이렇게 끔찍한 일을 당하고 있었는데도 전혀 몰랐어."

"같이 살지도 않는데 뭐."

"이혼한 것도 미안해."

"엄마 잘못 아냐."

진구는 아빠가 이혼 서류를 들고 왔던 날을 떠올렸다. 빨간 머리띠를 두른 작업복 차림으로 쉰내가 펄펄 나는 아빠가 말했다.

"미안해. 여보. 재판에서 졌어. 파업으로 인한 손해 배상을 하래. 나한테 떨어진 것만 2억이 넘어."

"며, 몇 억?"

엄마는 너무 놀라 입술을 파르르 떨었다. 들고 있던 숟가락까지 덜덜 떨렸다.

"당신 월급까지 가압류 들어올 거야. 그러니까 이 방법밖엔 없어."

"그래서 이혼하자고?"

"미안해."

아빠는 울먹였다. 엄마는 버럭 소리쳤다.

"왜 울어? 당신 잘못한 거 없잖아."

"……."

"그래서 이제 어떡할 건데?"

"……."

"이젠 포기해야지. 퇴직금 받아서 장사나 해야지. 우리가 졌어. 늘 그렇듯이."

"당신은 언제나…… 그런 식이지?"

엄마는 아빠에게 질렸다는 듯이 화난 얼굴로 꾹꾹 도장을
찍었다. 그리고 그날로 짐을 싸 들고 나갔다.

"진구야."

"응?"

"엄마가 제일 화나는 게 뭔지 아니?"

"뭔데?"

"아빠가 맨날 남한테 당하고 찍소리도 못하고 살아온 건
이해해. 사람이 모질지 못하고 순해 빠졌으니까. 화는 나지만
이해는 할 수 있어. 하지만 말이야. 너한테까지 자기 생각을
고스란히 물려준 거…… 그건 용서할 수 없어. 누가 때리면
맞고 울고 참고 숨죽이고 사는 거…… 힘센 놈하고 붙으면 무
조건 지게 돼 있다는 생각을 가르치는 거. 싸워 보지도 않고
포기하게 만드는 거…… 그건 네 아빠 하나로 족해. 엄만 그
래서 여기 와 이러고 있는 거야. 너한테 엄마가 해 줄 수 있는
건 이것밖에 없으니까."

"엄마……."

진구는 마음이 물컹해져서 울 뻔했다. 진구 엄마가 시계를
보더니 돌아섰다.

"내일 식당 일 하려면 이제 가서 자야 돼. 내일 또 올 테니

까 그런 줄 알아."

"어, 언제까지 이럴 건데?"

"사과 받을 때까지."

골목 저편으로 걸어가는 엄마의 뒷모습을 진구는 오랫동안 바라보았다.

다음 날 진구 엄마는 규철이네 대문 앞에 다시 나타났다. 잠시 후 사설 경비초소의 경비원이 허둥지둥 달려와 호통을 쳤다.

"아줌마! 정신이 있어, 없어! 이게 뭐 하는 짓이야?"

진구 엄마는 팔을 붙잡혀 끌려가다가 경비원을 뿌리쳤다.

"아저씨가 이래도 되는 권한은 없잖아요?"

"이 아줌마가? 이 동네 사시는 분들이 어떤 분들인지 알기나 해?"

"알 필요 없구요. 나는 사과 받을 때까지 계속 올 테니까 그런 줄 아세요."

진구 엄마는 단호하게 말했다.

진구는 학교에 가지 않았다. 공원에서 하루 종일 뒹굴거렸다. 무엇을 해야 할지 가슴이 답답하기만 했다. 휘의 공모전 결과가 나올 때까지 미루기로 한 자살! 지금 당장 해 버릴까?

그런 생각도 들었다. 아빠는 가게를 비워 줘야 하고, 엄마는 규철이네 집 앞으로 밤마다 일인 시위하듯 찾아가고 있었다.

늦은 밤, 진구는 규철이네 집 앞으로 갔다. 엄마가 어제와 똑같은 자세로 서 있었다. 엄마는 녹아내린 촛농 같아 보였다. 입술은 파르르 떨렸고 초점 없는 눈동자는 허공을 응시하고 있었다.

"엄마 왜 그래?"

"접근 금지 명령인가 그런 걸 신청했대. 이건 그 명령서고."

진구 엄마가 법원 마크가 찍힌 서류를 보여 주었다.

"그리고 다니던 식당에서 그만 나오라고 하더라. 아마 규철이네 집에서 손을 썼겠지?"

"뭐?"

"괜찮아. 다른 데 알아보면 돼. 식당 일이야 널렸으니까. 엄마가 참을 수 없는 건 바로 저 사람들이야. 자기들이 하고 싶은 건 뭐든 다 하려는 사람들. 참 뻔뻔하지? 애나 어른이나 어쩌면 그렇게 똑같니?"

"……."

"진구야."

"응?"

"내일부턴 여기 못 나올 것 같아."

"괜찮아."

"진구야."

"응?"

"엄마가 졌다고 생각하지 마. 아직 안 끝났어."

진구 엄마는 들고 있던 패널을 내려놓고 가방에서 펜을 꺼냈다. 피멍이 든 진구 사진 옆에 글자를 적어 다시 규철이네 집 대문 앞에 기대 놓았다. 엄마는 그 패널을 바라봤다. 진구도 옆에서 엄마가 쓴 글귀를 오랫동안 바라봤다.

제가 미처 몰랐습니다. 사과는 동물이 아니라 사람에게만 받을 수 있다는 것을…… 그러니 이제부턴 먼저 사람이 되기를 기다리겠습니다.

가면 인생

예나는 깊은 잠에서 깨어났다. 열어 놓은 창문으로 근처 중국집의 짜장 볶는 냄새가 훅 밀려왔다.

아침 10시 30분.

예나는 천천히 일어나 거실로 나갔다. 식탁 위에 아침상이 차려져 있었다.

밥 챙겨 먹고 가.

엄마가 써 놓은 포스트잇이 보였다.

그날 이후 엄마는 예나에게 아무런 말도 하지 않았다. 때때로 엄마는 할 말이 있는 듯한 눈빛으로 바라보았지만 예나가 외면했다.

예나는 밖으로 나왔다. 자살할 날까지 뭐든 닥치는 대로 해 보기로 했지만 늦게까지 실컷 잠을 자는 것 외엔 별로 할 게 없었다.

예나는 버스 정류장에 앉아 느긋하게 몇 대나 버스를 그냥 보냈다. 등교 시간에 맞춰 정신없이 뛰지 않는 것. 그게 일단 예나가 하고 싶은 일이었다.

예나는 다른 버스를 타고 광화문 교보문고로 갔다. 어릴 때 엄마 손을 잡고 자주 오던 곳이었다. 엄마는 산더미처럼 쌓여 있는 책들 중에서 예나가 읽을 만한 것을 정성껏 골라 주었다.

"학교 성적보다 중요한 건 독서야. 책 많이 읽은 아이가 결국 멋진 사람이 되는 거지."

엄마는 늘 그렇게 말했다.

"남들과 다른 건 나쁜 게 아니야. 다르다는 건 개성이 있다는 뜻이지."

"아."

"남하고 경쟁하면 자기만 망가져. 경쟁은 자기 자신과 하는 거야."

"응."

"높이 올라가려고만 하지 말고 아래를 내려다볼 줄도 알아야 해."

"응. 엄마."

"불의에 굴복하지 않는다는 것이야말로 인간이 가장 아름다운 이유란다."

"응. 난 엄마가 정말 좋아."

어린 예나는 엄마가 해 주는 말이 좋았다. 엄마가 골라 주는 책을 읽고 엄마와 토론을 하는 것도 즐거웠다. 예나가 독후감이나 글쓰기로 상을 받아오면 엄마는 무척 기뻐하면서 칭찬해 주었다.

하지만 언제부턴가 엄마가 학교 성적에 신경을 쓰기 시작했다. 성적이 기대보다 낮거나 곤두박질치면 몹시 불안해했다. 그러면서도 예나를 학원에 보내지는 않았다. 교보문고는 참고서를 사러 오는 곳이 되었고 그나마 인터넷 서점이나 학교 앞 서점을 이용하면서 발길이 끊어졌다.

예나는 청소년 소설을 몇 권 샀다. 만화책도 샀다. 그리고 다시 집으로 돌아와 하루 종일 책만 읽었다.

늦은 밤, 엄마가 돌아왔을 때도 예나는 소파에 누워 책만 읽었다. 시간 속에 자신을 녹여 버리고 싶다는 듯이 혹은 엄마가 보라는 듯이. 그런 예나를 보면서 숨이 탁 막힌 듯 멍하니 서 있던 엄마는 주방으로 가려다가 휙 돌아섰다.

"학교 안 갔다며?"

"응."

"어쩌려고?"

"학교는 다녀서 뭐 해? 어차피 남들 대학 갈 때쯤이면 난 이 세상에 없을 텐데?"

엄마는 그 자리에 얼어붙었다. 엄마 주변의 공기는 분노와 인내가 서로 뒤엉킨 먼지 입자들이 소용돌이치고 있는 듯했다.

엄마가 애써 감정을 억누르며 말했다.

"너 정말 왜 그래?"

"알잖아?"

"그건…… 엄마가…… 하여튼 넌…… 거짓말 같은 거 안 하던 애잖아!"

"엄마도 거짓말 같은 건 안 하던 사람이었잖아?"

예나는 엄마에게 최대한 치명타를 주고 싶었다. 예상대로 엄마의 얼굴이 빨개졌다. 당장 할 말은 많은데 그걸 한꺼번에 토해 내면 겉과 속이 완전히 뒤집혀 버릴 것처럼, 혹은 가슴에 뭔가가 콱 막힌 사람처럼 예나를 쳐다봤다. 하지만 얼마 지나지 않아 엄마는 고개를 떨구고 예나의 시선을 피했다.

엄마는 그 일을 잊고 싶은 걸까?

잊어버린 걸까?

그래도 되는 걸까?

예나는 시선을 피하고 있는 엄마의 얼굴을 한참 동안 바라보았다.

예나는 하루 종일 텔레비전을 봤다. '다시 보기'로 여행 프로그램만 몰아서 보았다. 사막의 모래밭에 푹푹 발이 빠지며 걸어가는 낙타. 낯선 도시에서 낯선 음식을 먹는 사람들. 이름도 처음 들어보는 먼 나라의 도시들. 나는 얼마나 우물 안 개구리처럼 살고 있는가? 세계는 얼마나 넓은가? 화면을 따라 세계 곳곳을 돌아다니는 상상을 하면 그나마 즐거운 기분이 들었다.

예나는 눈을 감고 지구본을 빙글 돌려 손가락이 닿는 곳을 인터넷으로 검색했다. 싱거운 도시도 있었고 흥미로운 도시도 있었다. 예나는 세계 곳곳을 상상으로 여행했다.

때로는 무작정 음악을 들으며 시내를 걸어 다니기도 했다. 발이 지치면 아무 데나 앉아 지나가는 사람을 구경했다. 극장에 들어가 영화도 봤다.

모두들 어디로 갔지? 어째서 이 도시는 해가 떠 있는 동안에는 아이들을 학교에 가둘까?

낮에 교복 차림으로 돌아다니는 건 교도소를 탈출한 죄수이거나 군대에서 도망친 탈영병 같다는 생각이 들었다.

투투투투–

하늘에 헬기가 뜨고 특공대원들이 밧줄을 타고 내려온다.

확성기에서 목소리가 들린다.

"시민 여러분! 학교를 탈출한 학생이 대낮에 도시를 활보하고 있으니 주의 바랍니다! 탈출한 학생에게 경고한다. 당장 손에 든 불온한 책을 버리고 학교로 돌아가라!"

예나는 그런 상상을 하다가 혼자 씁쓸하게 웃었다.

오후 3시.

놀이터 바닥 분수가 작동됐다. 물줄기가 위로 촤악촤악 촤아악 솟아올랐다. 솟아오른 물줄기는 하늘의 구름을 잡으려는 듯 손가락을 쭉 폈다가 아래로 떨어졌다. 밑에서 올라오는 물줄기와 충돌한 물방울들이 사방으로 튀었다.

예나는 놀이터 벤치에 앉아 분수를 바라보았다. 동네 꼬맹이들이 분수에서 놀고 있었다. 솟아오른 물줄기는 감옥의 창살 같았다. 그 창살 사이로 아이들이 이리 뛰고 저리 뛰었다. 젖지 않으려면 물 밖으로 나오면 될 터인데 아이들은 물줄기에 사로잡혀 놀면서 점점 더 흠뻑 젖어 갔다.

한 아이가 물구멍을 발로 밟자 순간적으로 멈췄던 물줄기는 신발 바닥을 치며 틈새로 솟구쳤다.

"여기서 뭐 해?"

휘가 다가왔다.

"추억 여행."

"?"

"이 세상을 떠나기 전에 추억이 어려 있는 곳들을 쭉 돌아 보려고."

"아…… 여기도 추억이 있어?"

"응."

"어떤 추억?"

"어릴 때 엄마랑 자주 왔었어. 그때 엄마는 저 분수를 보면서 이렇게 말했지. 분수 이름이 왜 분수인지 아니? 자기 분수를 알라고 분수야. 아무리 높은 곳으로 올라가도 결국은 바닥으로 떨어지는 게 자연의 이치야. 그러니까 높은 곳으로 올라가려고만 아득바득 살지 마."

"오. 멋진데? 우리 아빠라면 이렇게 말했을 거야."

"?"

"저건 형편없는 분수다. 위로 솟구치는 힘이 너무 약해. 훨씬 더 높이 올라가려면 밑에서 쏘아 올리는 펌프를 더 강한 걸로 바꿔야 해. 힘을 기르라는 말이 무슨 뜻인지 알겠지?"

"훗."

아빠 흉내를 내는 휘를 보며 예나는 피식 웃었다.

"그거 나도 같이 하자."

휘가 말했다.

"뭐?"

"추억 여행. 나도 마지막 작별 인사 하고 싶어."

휘는 빵집 앞에서 걸음을 멈췄다. 예나도 걸음을 멈췄다. 휘가 빵집을 오랫동안 쳐다봤다.

"아빠 생일 케이크를 꼭 여기서 사 왔어. 그리고 그때마다 내게 말했지. 네 마흔 살 생일에는 국제변호사가 되어 뉴욕이나 파리에서 케이크에 촛불을 끄자고."

"헉!"

"이 빵집이 10년 후 아니 20년 후에도 이 자리에 그대로 있을까?"

"왜?"

"내가 이 세상에 없더라도 해마다 생일 케이크를 아빠한테 보내고 싶어."

"아빠 거?"

"미쳤냐? 내 거지."

"!"

"그걸 볼 아빠 표정이 궁금해."

"너 정말 아빠가 밉구나."

"당연하지. 적어도 마흔 살 생일 케이크까지는 꼭 보내고 싶어. 그러려면 그때도 이 빵집이 있어야 할 거 아냐."

"힘들걸?"

그때 진구가 어슬렁거리며 나타났다.

"건물 주인이 나가라고 하면 나가야 돼. 10년? 어림없지. 당장 2년 후에도 어떻게 될지 몰라. 그리고 세상에 그런 예약을 받아 주는 빵집이 어디 있냐?"

"없을까?"

"없지."

예나는 휘의 어깨를 툭 치며 말했다.

"우리 저 수영장 같이 다니지 않았니? 초등학교 때."

길 건너편에 스포츠 센터 건물이 보였다. 아줌마들이 꼬마들 손을 붙잡고 오거나 유모차를 끌고 왔다 갔다 하는 모습이 보였다.

"우리 엄마 참 이상하지? 지금까지 공부 학원은 한 번도 안 보내 줬는데 유일하게 수영은 보내 줬어."

"공부 학원은 한 번도 안 다녔다고?"

"응."

"왜?"

"공부는 남하고 경쟁해서 출세하는 데 쓰는 도구가 아니라는 거지."

"예나 엄마 짱!"

진구가 엄지손가락을 들었다.

스포츠 센터 바로 옆은 초등학교 주차장이었다. 조금 옆으로 학교 정문이 보였다. 예나와 휘, 진구는 초등학교로 들어갔다.

"초딩 때가 좋았는데……."

휘가 말했다.

"뭐가 좋았는데?"

"아빠가 지금처럼 변호사 되라고 닦달하지 않았거든. 맘대로 만화도 보고 그림도 그리고…… 난 그때가 제일 좋았어."

"나도…… 지금에 비하면 초딩 땐 누가 괴롭혀도 견딜 만했거든. 다들 고만고만한 장난이었으니까."

진구가 회심의 미소를 지으며 말했다.

"그랬구나. 난 문자 폭탄 엄청 받았는데……."

예나가 학교 건물을 올려다보며 말했다.

"왕따 당했단 말이야?"

휘와 진구가 물었다.

예나는 그때의 일을 떠올렸다. 진경이라는 애가 있었다. 소심하고 분위기 파악을 잘 못 해서 따돌림을 당하는 아이였다.

"싫으면 안 놀면 그만이지 왜 괴롭혀?"

예나는 진경이를 괴롭히는 반 아이들과 싸웠다. 어차피 학원도 안 다녔기 때문에 시간이 많았던 예나는 진경이와 놀면서 틈틈이 공부도 가르쳐 주었다. 진경이가 다쳐서 병원에 입

원했을 땐 찰떡같이 붙어서 병실을 지켰다.

"예나야, 엄마가 뭐라고 안 하셔?"

친구 엄마들이 오히려 예나를 걱정했다.

"왜요?"

"진경이랑 놀면 네 공부는 어떡해? 너까지 애들한테 따돌림 당하잖아."

"괜찮아요. 우리 엄만 그런 거 신경 안 써요. 오히려 잘했다고 칭찬하는 걸요."

"예나야. 엄마가 말은 그렇게 해도 진짜 그럴까?"

"당연하죠."

그즈음 반 아이들이 예나에게 문자 폭탄을 보내기 시작했다. 거의 대부분 욕이었다. 일부러 모함하는 말도 있었다. 예나가 문자에 일일이 해명을 해도 막무가내였다. 예나는 속이 상해 울고 말았다.

예나는 교실 문을 박차고 들어온 엄마의 모습을 지금도 잊지 못했다. 엄마는 수업 중이던 담임 선생님한테 양해를 구하고 교탁에 서더니 예나의 휴대폰을 손에 쥐고 아이들에게 보여 주며 말했다.

"모두들 예나가 맘에 안 드는 모양인데 문자 폭탄을 보내려면 지금 보내. 한꺼번에! 만약 예나가 잘못한 게 있으면 고치도록 할게."

대부분의 아이들은 당황했다. 고개를 숙이고 휴대폰을 잡은 채 피식피식 웃는 아이도 있었다.

"자, 어서! 평소에 하던 것처럼. 예나가 정말 문제가 있다면 정확하게 지적해 줘. 뭐가 문제인지."

띠링!

엄마가 손에 쥐고 있는 예나의 휴대폰에 문자가 왔다. 엄마는 재빨리 확인했다. 예상대로 예나가 재수 없다는 내용이었다.

"좋아. 내가 있다고 머뭇거리지 말고 평소 하던 대로 해. 욕을 해도 괜찮아."

띠링!

띠링!

문자 알람이 계속해서 울렸다.

-재수 없어.

-잘난 척.

-나서기 좋아해.

-학원도 안 다니면서 성적 좋은 건 커닝?

-책 좀 읽었다고 애들 개무시.

-진경이 도와주는 건 가식. 봉사점수 따려고. 우웩!

-헐~ 엄마까지 동원.

－그냥 보기만 해도 토 나와.

엄마는 끈기 있게 휴대폰을 들고 들어오는 문자 폭탄을 다 받았다. 문자가 그치자 엄마는 교탁을 잡고 진지한 눈빛으로 아이들에게 말했다.

"문자 잘 받았어. 정말 엄청나구나. 말 그대로 폭탄 맞은 것 같은 기분이야. 하지만 이 말들은 너희들이 보낸 게 아냐."

"……."

엄마는 가방에서 연고 하나를 꺼냈다. 그리고 뚜껑을 돌리면서 말했다.

"자, 봐. 뚜껑만 돌렸을 뿐인데 연고가 저절로 나오지? 튜브 내부의 압력 때문이야. 너희들이 방금 전에 내뱉은 말들도 그래. 짜증 나고 화나고 속상하고…… 폭발할 것 같은 내부의 압력 때문이야. 그런데 그것뿐일까?"

엄마를 흥미롭게 바라보는 아이도 있었지만 시큰둥한 반응도 많았다. 엄마는 아랑곳하지 않고 계속 말했다.

"너희는 원래 남의 상처를 치료해 주는 연고 같은 존재야. 그런데 자꾸만 독을 밀어내. 오히려 상처 주는 일을 하고 있어. 왜 그럴까? 그건 뒤에서 너희를 잡고 누르는 손 때문이야. 너희가 그런 손이 있다는 걸 제대로 안다면 지금처럼은 안 할 거야. 서로를 치료해 주는 연고가 될 거야. 너희는 원래부터 그런 존재였으니까."

그때 문자 하나가 왔다.

–미안…….

고작 딱 하나의 문자였지만 예나와 예나 엄마의 마음에는 마치 황무지에 핀 한 송이 꽃 같았다. 작은 들꽃 하나가 황무지 가득 퍼져 나가면서 거대한 꽃밭이 되는 것 같았다.

"예나 엄마 진짜 멋있지 않냐?"

휘가 진구에게 말했다.

"당근."

진구가 고개를 끄덕였다.

"착각이야. 옛날엔 나도 그렇게 생각했어. 엄마가 세상에서 제일 멋있는 사람이라고. 하지만 지금은 세상에서 제일 재수 없는 사람이야."

예나가 벌레 씹은 표정으로 말했다.

"왜?"

"변했으니까!"

예나가 학교 운동장을 바라보며 말했다.

날이 어두워질 무렵, 예나와 휘, 그리고 진구는 시청 앞 광장에 서 있었다. 예나는 광장 앞에 서서 주변을 둘러보았다.

"여기도 추억의 장소야?"

휘가 물었다.

"엄마는 촛불집회 같은 게 있을 때마다 날 데리고 여기 오곤 했어. 그때마다 엄마는 슬픈 얼굴로 내게 말했지. 이 세상엔 싸워야 할 게 너무 많다고."

"근데 엄마가 변했다는 건 무슨 말이야?"

휘가 다시 물었다.

"우리 엄마 이중인격자야. 자살한다며 밤마다 전화하는 이상한 애 때문에 힘들어 죽겠다고 아무렇지도 않게 말해. 청소년수련관에 오는 애들을 대하는 태도도 겉과 속이 달라. 겉으론 그 애들을 사랑하는 것처럼 웃고 너그러운 말을 하지만 속으로는 그 애들을 싫어하고 무시해."

"서, 설마?"

휘와 진구는 말문이 막혔다. 예나는 슬픈 눈빛으로 주변을 둘러보았다.

"엄마는 가면이 너무 두꺼워. 거기에 화장으로 떡칠까지 했지. 남들은 모르겠지만 난 알아."

늦은 밤 예나는 소파에 누워 여행 프로그램을 보고 있었다. 거실의 모든 불은 꺼 놓은 채였다. 엄마가 들어왔다. 평소와는 분위기가 달랐다. 뭔가 당당하고 결연한 의지의 표정이었다. 엄마는 리모컨으로 텔레비전을 껐다.

"병원 진단 결과 나왔어."

"어때?"

"예상대로야. 네 눈엔 아무 문제 없어. 스트레스성이야. 다시 말해서 네 마음 상태가 물러 터져서 어리광을 피우고 있다는 거지. 아니면 글자가 안 보이는 건 새빨간 거짓말이거나."

"거짓말 아냐!"

"그럼 병원이 거짓말하겠니? 자, 받아."

엄마가 진단서가 든 봉투를 내밀었다.

예나는 시선을 돌렸다.

엄마는 진단서를 꺼내 '이상 소견 없음'이라고 적힌 부분을 가리켰다.

"이제부턴 엄마도 솔직해질 거야. 강남 엄마들처럼 요란 떨 거야. 네가 올라갈 수 있는 가장 높은 곳까지 올라가도록 만들 거야."

"어, 엄마!"

"너도 각오 단단히 해. 할 수만 있다면 뭐든 다 할 거야. 강남 입시 학원, 일타강사, 뭐든 다 시킬 거야."

"엄마, 미쳤어?"

"그래. 미쳤다!"

예나는 벌떡 일어났다. 그리고 현관문 쪽으로 걸어갔다.

"어디 가?"

"······."

"거기 서!"

엄마가 달려와 예나의 손목을 낚아채듯 움켜잡았다. 예나는 엄마 손을 뿌리쳤다. 그리고 현관문을 거칠게 열었다. 엄마가 다시 손을 붙잡았다.

"어디 가?"

"죽으러!"

예나는 엄마를 무섭게 쏘아본 다음 현관문을 쾅 소리가 나게 닫고 나가 버렸다. 예나 엄마는 온 힘을 다해 버티고 서 있으려는 듯했다. 하지만 이내 주저앉아 무릎에 얼굴을 묻었다.

전구소년 4화

깊은 밤, 휘는 전구소년 4화 스토리를 쓰고 있었다. 여전히 타자 속도는 더뎠다.

전구소년 (깜휘 글)

제4화 투명 인간의 탑

전구소년은 4층 계단을 올라가다 멈춰 섰다. 누군가 쓰러져 있었다. 가까이 가서 살펴보니 숨은 붙어 있었지만 다리가 부러진 것 같았다.

부상을 당한 사람들이 곳곳에 쓰러져 신음하고 있었다. 귀에서 피가 흐르는 자, 눈이 먼 자, 만신창이로 넘어진 자, 절망의 탄

식을 하고 있는 자 등등. 모두가 4층에서 싸움에 패하고 계단 밖으로 굴러떨어진 자들이었다.

전구소년은 각오를 단단히 하고 계단을 뛰어올랐다. 4층으로 들어가는 문 저편에서 둔탁한 소리가 들렸다. 기합 소리에 섞여 허공을 가르는 발차기 소리가 들렸다. 가끔씩 퍽, 퍽 뭔가를 때리는 소리도 들렸다.

"어?"

전구소년이 4층에 올라섰을 때 금빛 머리의 소년이 홀 중앙에서 기괴한 춤을 추고 있었다. 공중으로 뛰어오르며 허공을 차고, 몸을 비틀어 바닥에 떨어졌다가 저 혼자 바닥을 구르다가, 다시 일어났다가 얻어맞은 것처럼 나동그라졌다. 전구소년은 금빛 머리 소년의 동작을 살펴보다가 소스라치게 놀랐다. 그는 혼자 춤을 추는 게 아니었다. 무술의 품새 동작을 따라 하는 것도 아니었다.

"설마?"

전구소년은 가까이 다가갔다. 금빛 머리 소년이 보이지 않는 무언가에 맞아 고개가 팽 돌아갔다. 금빛 머리 소년은 헐떡이며 분한 듯 바닥을 쳤다.

"숨어 있지 말고 모습을 보여!"

금빛 머리 소년이 허공에 외쳤다.

"투명 인간?"

금빛 머리 소년이 전구소년을 향해 고개를 돌렸다.

"넌 뭐야?"

"나? 난…… 위로 올라가는 중인데……."

금빛 머리의 인상이 구겨졌다. 갑자기 방향을 바꿔 전구소년을 향해 달려들었다.

"위로 올라가는 건 나쁜이야. 넌 꺼져!"

금빛 머리가 주먹을 치켜들고 맹렬히 돌진해 왔다. 전구소년은 팔뚝으로 얼굴을 가렸다.

파앙—

엄청난 힘의 주먹이 전구소년을 후려쳤다. 전구소년은 그 자세 그대로 뒤로 밀렸다.

"하악…… 학……."

전구소년은 두려움이 스멀스멀 올라오는 것을 느꼈다. 4층의 수호신은커녕 같은 처지의 도전자에게조차 이렇게 밀리다니 당혹스러웠다.

바로 그때였다. 금빛 머리의 허리가 90도로 꺾이며 벽을 향해 날아갔다. 보이지 않는 발차기 공격을 받은 것 같았다.

벽에 부닥친 금빛 머리가 바닥으로 미끄러졌다. 몇 번 꿈틀거리던 금빛 머리가 간신히 일어났지만 장작이 부러지듯 허리가 꺾이며 주저앉았다.

"아아악!"

금빛 머리가 분하다는 듯 바닥을 움켜쥐었다. 신음소리가 점점 사그라졌다. 금빛 머리가 의식을 잃었다.

콱!

다시 보이지 않는 손이 금빛 머리를 붙잡고 질질 끌고 가더니 계단 밑으로 집어 던졌다.

"!"

전구소년은 주변을 둘러보았다. 아무것도 보이지 않았다. 두려움이 밀려왔다. 분명히 4층엔 보이지 않는 존재인 투명 인간이 있었다. 귀를 기울이자 숨소리가 들렸다. 그러나 공격을 하려고 손을 뻗으면 허공이었다. 투명 인간은 간혹 킥킥거리며 전구소년 옆에 다가와 귀에 대고 웃기까지 했다. 전구소년은 돌아서 올라온 계단 쪽으로 뛰었다.

"멈춰."

투명 인간의 목소리가 들렸다.

"그쪽은 내려가는 쪽이다. 올라가는 건 이쪽이야."

"나…… 난 그만 포기하겠어."

"포기?"

투명 인간이 웃기 시작했다. 기괴한 웃음소리였다.

"내려가는 건 나와 대결해서 패했을 때뿐이야. 물론 제 발로 걸어선 못 내려가. 넌 무조건 위로 올라가야만 해. 그러려면 우선 나를 이겨야 하고."

허공에서 갑자기 주먹이 날아왔다. 전구소년은 옆구리를 맞고 쓰러졌다. 지독한 통증이었다. 전구소년은 신음을 내뱉으며 말했다.

"그, 그만. 난 내려가겠다고!"

"그 결정은 네 권한이 아니다. 네게 허락된 건 무조건 위로 올라가는 것뿐이야."

순간, 전구소년은 갑자기 이제까지 한 번도 생각해 보지 않았던 질문이 떠올랐다.

"누, 누가 그런 규칙을 만들었지?"

"뭐?"

"누가 그런 규칙을 만들었냐고! 도전을 포기하겠다는 사람조차도 무조건 싸워야만 한다…… 그런 말도 안 되는 규칙을 누가 만들었어?"

"그건 말해 줄 수 없다."

"아무리 생각해도 이해가 안 돼. 이 탑을 누가 만들었는지, 왜 모두가 이 탑을 올라야만 하는지, 난 이 탑의 꼭대기에는 뭐가 있는지도 몰라."

"그건 네가 알 필요 없다."

투명 인간의 보이지 않는 발이 전구소년의 옆구리를 걷어찼다.

"넌 무조건 싸우는 거야. 최선을 다해서 다행히 이기면 위로 가겠지만 지면 계단에서 굴러떨어져. 알겠니?"

"제발, 멈춰!"

전구소년은 옆구리를 움켜쥐고 고통스럽게 외쳤다. 하지만 공격은 멈추지 않았다. 몇 차례나 더 얻어맞은 전구소년은 다시 물었다.

"하악…… 하악…… 제발 부탁이야. 말해 줘. 탑의 맨 위에는 뭐가 있는 거야?"

"흐흐흐. 좋아. 어차피 넌 여기서 끝날 것 같으니 말해 주지. 탑의 맨 위층에는 이 탑을 만든 분이 계시다. 맨 꼭대기까지 올라가면 그분의 사랑을 받으며 그분을 모실 수 있다."

"뭐라고?"

"그분이 시키는 일을 하고 그분이 주는 칭찬과 보상을 받을 수 있단 말이다."

전구소년은 어이가 없었다. 고작 그것을 위해 탑을 올라가야 한단 말인가? 무수히 많은 도전자들이? 그중 대부분은 자기 한계에 부닥친 층에서 계단으로 굴러떨어지면서?

"그렇다면 그분이 시키는 일은 무술을 잘해야 할 수 있는 일인가?"

"아니."

"그럼?"

"그때그때 달라. 무술이 필요한 경우는 극히 드물지. 지식이 필요한 일도 있고, 예술적 재능이 필요한 일도 있고, 말을 잘해야 하는 일도 있고, 상상력이 뛰어나야 하는 일도 있지."

"그런데 왜 각 층의 싸움은 오로지 격투기로만 승부를 내는 거지?"

"그분이 정한 규칙이니까."

전구소년은 화가 났다.

"싫다면?"

"여기서 굴러떨어지는 거지. 고작 4층에서 말이야!"

전구소년은 보이지 않는 투명 인간의 공격을 받고 또다시 나동그라졌다.

"으아앗!"

휘는 스토리를 쓰다가 전율을 느끼며 벌떡 일어났다. 떨리는 눈동자로 모니터를 노려보던 휘는 휴대폰을 꺼냈다.

"진구야! 어떡하지?"

"뭐가?"

"나 천재인가 봐. 나도 모르는 사이에 엄청난 작품을 쓰고 말았어."

"뭐?"

"지금 당장 좀 보자."

휘는 전화를 끊고 흥분을 주체하지 못하고 방 안을 서성이다가 예나에게 전화를 걸었다.

"예나야. 지금 당장 좀 보자."

"왜? 무슨 일인데?"

"나도 모르는 사이에 어마어마한 스토리를 쓰고 말았어!"

"뭐?"

"네가 보면 깜짝 놀랄 거야!"

휘의 목소리가 떨렸다.

탑 위의 그분에게

휘는 편의점 앞 둥근 테이블에 미리 와서 기다리고 있었다. 진구와 예나가 오자 휘는 미리 출력해 온 전구소년 4화 스토리를 주며 빨리 읽어 보라고 했다. 둘이 스토리를 읽고 있는 동안 휘는 음료수를 샀다. 진구와 예나가 스토리를 읽고 나자 휘가 초조하게 물었다.

"어때? 대단하지?"

"별로 재미없는데? 독자가 기대하는 건 전구소년이 어떻게 멋지게 싸워서 이기느냐 아닐까?"

진구가 심드렁하게 말했다.

"좀 어정쩡한 것 같아. 뭔가 하려는 말은 있는 것 같은데…… 확 와닿지는 않아."

예나도 반응이 별로였다.

"야!"

휘가 버럭 소리쳤다.

"잘 생각해 봐. 4층의 지배자인 투명 인간이 누구 같으냐? 나한테 변호사 되라고 고문하는 우리 아빠, 예나 너한테 공부하라고 무언의 압력을 넣고 있는 엄마, 성적으로 들들 볶는 선생님! 그게 다 투명 인간 아니고 뭐겠어? 보이지 않는 손으로 맨날 우리 숨통을 조르잖아."

"그러고 보니 그런 것도 같네?"

진구가 중얼거렸다.

"그럼 금빛 머리 소년은 뭐겠어?"

휘가 물었다.

"……경쟁자?"

"그래. 말하자면 엄마 친구 아들. 교실에서 친구인 척 웃고 있지만 사실은 적인 경쟁자!"

"그러네."

진구가 고개를 끄덕였다.

"힘없는 애들 괴롭히는 규철이 패거리 같은 녀석들도 금빛 머리야."

"맞아."

진구가 비로소 마음에 확 와닿는 표정이 되었다. 휘는 점점 목소리를 높여 가며 말했다.

"그럼 계단에 쓰러져 있는 아이들은 뭐겠어?"

"성적에서 뒤로 밀린 아이들? 학교 폭력에 시달리는 아이들?"

"그래. 그중엔 예나 같은 아이도 있어. 눈은 멀쩡한데 책의 글자만 안 보였잖아? 근데 그 눈은 괜찮냐? 거짓말했던 거지? 아무튼, 그런 식으로 마음의 병이 생긴 아이들 말이야."

휘가 침을 꿀꺽 삼키고 다시 진구와 예나에게 물었다.

"그럼 이제부터 진짜 중요한 질문이야. 탑은 우리가 처한 현실이야. 그럼 탑을 만든 사람은 누굴까?"

휘의 질문에 진구가 말했다.

"탑 위의 그분?"

"그러니까 그분이 누구겠냐고?"

"글쎄?"

"난 대통령이라고 생각해."

"뭐?"

휘의 말에 진구가 놀란 표정을 지었다.

순간, 예나가 깔깔 웃기 시작했다. 너무 웃겨서 죽겠다는 듯 눈꼬리에 눈물까지 맺혔다.

"왜 웃어?"

"야, 대통령 혼자 이런 현실을 만들었다고? 그게 말이 된다고 생각해?"

"대통령이 제일 높은 사람 맞잖아!"

"그래도 혼자 만든 건 아니지."

"그럼 왕인가? 아니면 재벌 그룹 회장?"

"휘야. 진정해라. 대단한 걸작을 썼다길래 조금은 기대했는데 실망이야. 하지만 네 덕분에 조금은 웃었어. 아깐 정말 죽고 싶은 마음이었거든."

예나가 다시 가라앉은 목소리로 말했다.

"걸작이 아니라고?"

휘는 어깨를 움찔했다.

"이건 우리가 처한 현실이 이렇다는 걸 비유한 것뿐이야. 정말 중요한 건 해결 방법 아닐까?"

예나는 한숨을 내쉬며 휘의 스토리가 인쇄된 종이를 바라보았다.

"네 말대로 우린 탑에 갇혔어. 누가 만든 건지도 몰라. 그러니까 진짜 중요한 건 어떻게 해야 이 탑을 빠져나갈 수 있느냐는 거야."

예나의 지적에 휘는 말문이 막혔다. 음료수 캔을 벌컥벌컥 들이켜고 눈빛을 번뜩이며 생각에 잠겼다.

편의점 앞 가게 간판이 접촉 불량인 것 같았다. 불이 켜졌다 꺼졌다 했다. 턱을 괴고 생각에 잠긴 휘와 예나, 진구도 뭘

가 생각이 날 듯 말 듯한 표정들이었다.

조금 더 떨어진 곱창집 술꾼들의 목소리도 바람에 실려왔다.

지하 노래방의 쿵쿵거리는 소음도 올라왔다.

한참 만에 휘가 입을 열었다.

"아, 답답하네. 정말 이상하지 않냐? 왜 이 세상은 공부 하나만 기준이야? 이건 공평하지도 않고 합리적이지도 않아. 그리고 세상에 똑똑한 사람이 얼마나 많은데 이거 하나 해결을 못 하지? 왜 우리를 탑에 가두고 괴롭히냐고!"

"우리보다 백배 천배 똑똑한 분들이 바보 멍청이라서 그러겠냐? 그럴 만한 이유가 있으니 그러겠지."

"그럼 왜 그런지 물어볼까? 왜 안 되는지, 뭘 하려고는 해봤는지……."

"누구한테?"

"탑 위의 그분에게."

휘가 말했다.

존경하는 대통령님.

대기업 회장님.

대학교 총장님.

우리는 행복해지고 싶습니다. 이제 겨우 중3인데 저는 만화가의 꿈을 꾼다고 손이 망가졌고, 한 친구는 학교 폭력에 시달리고, 또 다른 친구는 성적 스트레스에 눈이 멀 뻔했어요. 어느 날 밤. 우리는 우연히 학교 옥상에서 만났어요. 각자 다른 이유로 자살을 하려고 했던 거죠.

그날 우리는 밤새 얘기를 나누다가 몇 달만 그 생각을 미루기로 했어요. 그러다가 우리는 묻고 싶어졌어요.

정말로 우리가 행복해지는 세상을 원하나요? 우리가 행복해지는 세상을 만들기 위해 무엇을 하셨나요?

그리고 무엇을 이루셨죠?

우리는 여전히 힘들고 고통스러워요.

왜 아직도 우리는 죽어라 공부의 탑만 올라야 하는 거죠?

왜 우리는 서로 죽도록 경쟁만 해야 하죠?

왜 우리는 자꾸만 죽고 싶다는 생각을 하게 되는 걸까요?

왜 학교 폭력은 사라지지 않는 걸까요?

우리는 정말 행복해지고 싶어요.

공부의 탑은 공부하는 애가 오르고 예술의 탑은 예술 하고 싶은 애가 오르게 해 주세요. 우리가 다 행복하고 즐겁게 자기만의 탑을 열심히 오르게 도와주세요.

-감휘. 오진구, 이예나 올림

휘는 편지를 써서 다음 날 다시 진구와 예나를 만났다. 편지를 읽은 진구는 고개를 끄덕였다. 예나도 엄지를 세웠다.

"근데 진짜 보낼 거야?"

"응."

"어떻게 보내지?"

휘는 편지를 대통령에게 직접 보낼 방법을 찾다가 결국 청와대 홈페이지에 올리기로 했다.

"국민신문고와 자유게시판 중에 어디에 올려야 하지?"

진구가 물었다.

휘는 국민신문고를 클릭했다. 본인 실명 인증을 해야 하고, 써야 하는 양식도 복잡하고 어려웠다.

"그냥 자유게시판에 올리자."

휘는 편지를 자유게시판에 올렸다.

"와. 떨린다."

진구가 마른침을 삼켰다.

"또 어디에 보내야 하지?"

"회사."

"우리나라에 회사가 얼마나 많은데? 다 보낼 순 없잖아?"

"대기업만 모여 있는 단체가 있겠지."

"찾아볼까?"

휘는 인터넷 검색으로 전국경제인연합회 홈페이지에 들

어갔다. 회장 및 부회장단에서 우리나라의 대표적인 대기업 회장님들의 얼굴을 볼 수 있었다. 그러나 글을 쓸 수 있는 자유게시판이 없었다. 여기저기 클릭을 하다가 이메일 주소를 찾아낸 휘는 메일로 편지를 보냈다.

"대학은? 스카이만 보내?"

"대학도 총장님들이 모인 단체가 있지 않을까?"

휘는 사립대학교 총장협의회 홈페이지를 찾아냈다. 역시 게시판이 없어서 편지는 이메일로 보냈다.

"또 어디 보내야 하지?"

"법은 국회에서 만드는 거니까 법을 바꾸려면 국회에도 보내야 하지 않을까?"

휘는 국회 홈페이지에 들어갔다. 복잡하고 어려웠다. 청원과 진정에 대한 설명을 살펴보고 주의 사항을 읽어 본 다음 민원 신청 메뉴로 들어갔다. 본인 인증과 회원 가입을 하는 동안 진구가 옆에서 지켜보고 있다가 말했다.

"겁나는 문구가 많은데?"

"뭐?"

"주민등록법 위반하면 천만 원 이하의 벌금이래. 타인에 대한 비방도 안 되고, 국가원수나 국가기관을 모독하는 것도 안 된대. 명예훼손을 하면 관련 법규에 따라 처벌받을 수도 있대."

"우리가 보내는 편지가 그런 건 아니잖아?"

"그렇지?"

"겁나?"

"아, 아니."

진구는 강하게 고개를 흔들었다.

휘와 예나 진구는 메일을 보내며 뭔가 뿌듯한 마음이 들었다.

대통령이 편지를 읽는 모습을 상상했다. 전경련 회장, 이름만 들어도 아는 유명한 대기업 회장님들이 자기들의 편지를 읽고, 대학교 총장님들이 편지를 앞에 놓고 커다란 원탁에 둘러앉아 진지하게 회의하는 모습은 상상만 해도 짜릿했다. 국회에서 새로운 법을 만들기 위해 토론하는 모습을 상상할 때는 가슴이 쿵쿵 뛰었다.

예고자살

　이른 아침 골프장은 초록의 잔디로 싱그러웠다. 휘는 클럽 하우스 앞에서 아빠와 골프를 치기로 한 어른들에게 인사를 했다.

　로펌의 대표 변호사는 전에도 본 적이 있었지만 재벌 그룹 사장님이라는 분과 강남의 부동산 재벌이라는 분은 처음 보는 얼굴이었다. 부동산 재벌은 고등학생 아들도 데리고 나왔다. 그 아들도 휘처럼 골프장에 끌려온 게 못마땅한 듯했다.

　"재산이 수천억 있으면 뭐 합니까? 악착같이 벌어 놓으면 자식이 다 말아먹으니 말입니다."

　부동산 재벌이 껄껄 웃으며 말했다.

　"자식이 말아먹어요?"

"첫째는 사업한다고 수십억 날려 먹고 둘째는 미국 유학 가서 공부는 안 하고 돈만 펑펑 씁니다. 그나마 셋째는 좀 나은데 욕심이 없어요."

"서울대 법대 다닌다고 들었습니다만……."

"그러니까 말입니다. 자기는 딱 거기서 만족한다지 뭡니까? 이왕 법 공부했으면 사법고시 패스할 생각을 해야죠. 아버지 재산이나 관리하며 살겠답니다. 이제 기댈 건 막내밖에 없어요. 이 녀석 그래도 공부는 제법 합니다."

"아, 네."

"아내가 철이 없어요. 자기 하고 싶은 대로 놔두라고 성홥니다."

"정말요?"

"생각해 보세요. 자식한테 십억만 들여 공부시켜 놓으면 앞으로 수백억의 재산을 지키고 또 벌 텐데…… 자식이 멍청하면 오히려 수천억을 까먹어요. 그런데 하고 싶은 대로 놔두라니 이게 제정신입니까? 자기가 번 돈이 아니니까 돈 귀한 줄도 몰라요. 허허."

부동산 재벌이 푸념인지 자랑인지 모를 말을 늘어놓을 때 휘는 아빠의 얼굴을 살폈다. 아빠는 부동산 재벌의 말을 새겨들으라는 듯 휘를 쳐다봤다. 휘는 고개를 돌렸다.

딱—

캐디들이 나이스 샷을 외쳤지만 아빠가 친 공은 너무 멀리 날아가 1번 홀과 18번 홀 사이에 있는 수풀로 사라져 버렸다.

카트를 타고 이동하다가 캐디가 내려서 공을 주우러 가려고 하자 아빠가 말렸다.

"줍지 말아요."

"네?"

"난 내가 그린 코스대로 가지 않는 건 줍지 않습니다."

아빠는 그렇게 말하며 휘를 보았다. 휘는 아빠의 말뜻이 뭔지 알아차렸다.

"하지만 날아간 공도 고마워할 거예요. 자유로워졌을 테니까."

휘의 말에 아빠의 표정이 변했지만 사람들 눈치를 보느라 나무라지는 않았다.

휘는 아빠를 따라다니며 틈나는 대로 휴대폰으로 메일을 확인했다. 청와대 게시판은 편지가 올려진 채로 아무 반응이 없었다. 국회, 전경련, 대학총장협의회 어떤 곳에서도 답 메일은 오지 않았다.

진구는 초등학교 문방구 앞에 강아지를 안고 있는 꼬맹이를 보고 걸음을 멈췄다. 품 안에 안겨 있는 강아지는 너무 귀엽고 사랑스러웠다. 진구는 문방구에서 소시지 하나를 사서 강아지에게 먹였다. 혀를 날름거리며 아그작아그작 씹어 먹는 강아지 머리를 쓰다듬으며 웃었다.

갑자기 강아지를 안고 있던 꼬맹이가 뒤로 물러서더니 달아났다. 진구는 의아해서 뒤를 돌아보았다.

조금 떨어진 곳에 규철이 패거리가 모여 있었다. 진구를 노려보는 눈빛이 섬뜩했다. 진구도 서둘러 자리를 피했다.

진구는 치킨 배달 오토바이를 타고 가다가 킥복싱 도장 앞에서 멈췄다. 간판을 올려다보았다. 열어 놓은 창문으로 기합 소리가 들렸다. 샌드백을 발로 차는 둔탁한 소리도 들렸다.

"킥복싱 배우게?"

뒤에서 들리는 규철이의 목소리에 진구는 소름이 돋았다.

"와! 좀 있으면 붕붕 날라다니면서 발차기 하겠네? 어휴, 무서워라. 우린 진구한테 다 죽겠네? 큭큭."

"조만간에 봉지 한번 더 써야지? 다음엔 하얀 걸로 씌워 줄까?"

"왜 오줌 마렵냐? 표정이 왜 그래?"

규철이와 패거리들이 킥킥 웃으며 저쪽으로 사라졌다. 돌아보며 경고의 눈빛을 보내는 것도 잊지 않았다.

"후우……."

진구는 참았던 숨을 몰아쉬었다. 검은 봉지를 쓰고 벌레처럼 뒹굴며 얻어맞을 때처럼 숨이 가쁘고 식은땀이 났다.

진구도 틈나는 대로 휴대폰으로 메일을 확인했다. 기다리
는 답은 오늘도 오지 않았다. 마치 연못 속에 던져진 돌처럼
편지는 깊은 수면 밑으로 가라앉아 버린 것 같았다.

뭐가 문제지?

수신 확인이 안 됐나?

중간에서 전달이 안 됐나?

진구는 침대에 벌렁 드러누웠다. 잠이 오지 않았다. 규철
이 패거리의 얼굴만 아른거렸다.

예나는 지구본에 손가락을 살짝 대고 눈을 감은 다음 빙그
르르 돌렸다. 손가락 끝을 스치며 돌던 지구본이 멈췄다.

리투아니아.

손가락이 가리킨 리투아니아를 검색했다. 십자가가 수천
개 세워져 있는 언덕 사진들이 나왔다.

예나는 그곳을 여행하는 듯 눈을 감고 상상했다. 싱그러운
바람. 이국적인 언어들. 맑은 하늘과 붉은 성벽과 지붕.

엄마가 방문을 열고 들어왔다. 옆에는 낯선 여자가 서 있
었다. 예나가 경계의 눈빛으로 보자 예나 엄마가 어색하게 웃
으며 말했다.

"과외 선생님이야."

"뭐?"

"그동안 엄마가 미안했어."

"미안해? 뭐가?"

"혼자서는 절대로 좋은 성적 낼 수 없다는 거 뻔히 알면서도 엄만 네가 알아서 혼자 잘해 주길 바랐어. 사과할게."

"그보단 다른 걸 사과해야 하지 않아?"

엄마는 예나의 말을 무시했다.

"어렵게 모신 선생님이야. 그동안 밀린 거 단숨에 따라잡을 수 있을 거야. 그리고 우리 조만간 강남으로 이사할 거야. 그렇게 알고 있어."

"엄마! 미쳤어?"

"아니. 그 반대야. 미쳤다가 이제야 제정신으로 돌아온 거야."

엄마는 과외 선생님에게 목례를 하고 방을 나갔다.

예나는 책상에 앉아 과외 선생님이 강의하는 동안 휴대폰으로 메일을 확인했다. 어디에서도 답 메일은 오지 않았다. 완벽한 무반응이었다. 깊은 산속의 계곡에 떨어진 느낌이었다. 살려 달라고 힘껏 고함을 쳤는데 메아리조차 깊은 계곡의 어둠 속으로 삼켜진 것 같았다.

"화나지?"

"화나지."

"열받지?"

"열받지."

"우리 개무시당한 거 맞지?"

"맞지."

휘와 진구 예나는 다시 또 침묵했다.

"자존심 상해. 근데 어떻게 이렇게까지 개무시를 당할 수가 있냐?"

"완전 개무시는 아냐."

예나가 등받이에 기댄 채 휴대폰을 보고 있다가 화면을 돌려서 보여 주었다. 청와대 게시판에 올라온 댓글이었다.

ㄴ 너희 부모도 아시냐? 제발 철 좀 들어라. 차려 주는 밥 먹고 공부만 하라는데 뭐가 불만이야? 쯧쯧.

휘는 빠드득 이를 악물었다. 주먹을 불끈 쥐었다. 그리고 벌떡 일어났다.

"SNS에 올리자."

"그런다고 뭐가 달라질까?"

진구가 풀죽은 얼굴로 말했다.

"난 꼭 답을 들어야겠어."

"어떻게?"

"우리가 보낸 편지를 올리고 덧붙여서 쓸 거야. 누구든 성의 있는 답변을 하지 않으면 자살한다고!"

"뭐?"

"예고자살이네."

예나가 나지막이 말했다. 진구는 입을 떡 벌리고 휘와 예나를 보았다.

휘는 벌써 SNS에 글을 올리고 있었다. 예나도 휴대폰을 들더니 SNS를 열었다. 진구는 둘을 보다가 에잇, 하는 기분으로 자기도 글을 올렸다.

대통령님, 전경련 회장님, 국회의원님, 대학 총장님, 교육부 장관님…… 누구라도 좋아요. 7월 13일 자정까지 저의 질문에 답을 해세요. 원하는 대로 다 해결해 달라는 게 아니에요. 반응이라도 해 달라는 거예요. 그 정도도 못해 준다면…… 저는 7월 14일에 죽습니다. 감휘.

띠링~

띠링~

알람이 울리기 시작했다.

좋아요.
좋아요.
좋아요.
좋아요.
좋아요.
공유합니다.
공감.

알람이 쉬지 않고 울렸다.

리트윗.
리트윗.

휘와 진구, 예나는 깜짝 놀랐다. 이렇게 순식간에 반응이
올 줄은 미처 몰랐다. 댓글이 달리고 누군가는 퍼 나르고 댓
글 안에서 논쟁이 벌어졌다.

　　ㄴ 예고자살이네? 별 쇼를 다하네.
　　ㄴ 오죽하면…….

┗ 죽지 마요.

┗ 나도 답을 듣고 싶다.

┗ 뭔가 냄새가 난다. 배후가 의심스럽다.

┗ 신상 털기 들어가겠네.

┗ 영화를 너무 봤어.

┗ 예고자살? 우리는 이미 죽어 있다. 좀비 학생 공화국이잖아!

┗ 자살할 때 유튜브 생중계 부탁해요.

┗ 이 정도는 해 줘야 관심을 끈다는 건가? 관심병 환자.

후폭풍

휘 아빠는 교무실로 들어갔다. 교장과 교감, 학생 주임, 담임이 심각한 얼굴로 앉아 있었다. 교장은 얼굴이 시뻘겋게 달아올라 말했다.

"저 내년이면 정년퇴직입니다. 명예롭게 물러날 수 있도록 도와주지는 못할망정 이게 무슨 날벼락입니까?"

"제 책임입니다."

교감이 말했다.

"제 책임이에요."

담임이 말했다.

맞은편 소파에는 마치 죄지은 사람처럼 잔뜩 주눅 든 남자가 구부정하게 앉아 있었다. 진구 아빠였다.

그 옆에는 예나 엄마가 앉아 있었다.

"지금 누구 책임인지 잘잘못을 가리는 게 중요한가요? 일단 수습을 해야죠."

예나 엄마의 말에 모두가 고개를 끄덕였다.

"수습이라뇨?"

휘 아빠가 물었다.

담임이 노트북 화면을 돌려서 휘 아빠에게 보여 주었다.

휘 아빠는 휘와 진구 예나가 SNS에 올린 글을 보고 소스라치게 놀랐다. 7월 13일까지 성의 있는 답변을 듣지 못하면 따라서 죽겠다는 아이들까지 나오고 있었다.

"애들을 설득해서 글을 내리게 해야 합니다."

교감이 말했다.

"며칠째 등교도 안 했다면서요!"

교장이 화를 냈다.

"도대체 담임은 뭐 하고 있었어요? 애들이 이런 끔찍한 짓을 벌이는 동안에……."

"……."

"입이 있으면 말을 해 봐요."

"……."

담임은 고개를 숙였다.

"죄송합니다."

교장은 넥타이를 잡아당기며 숨을 고른 다음 부모님들에게 말했다.

"일단 애들을 찾아서 설득해 주세요. 학교의 명예가 걸린 일입니다."

"학교의 명예요? 애들 목숨이 걸린 일이죠."

예나 엄마가 말했다.

"아무튼……."

교장이 헛기침을 했다.

휘 아빠는 자동차에 시동을 걸었다. 화가 치밀어 폭발할 것만 같았다.

휘에게 전화를 걸었다.

한참 동안 벨이 울렸지만 받지 않았다. 다시 걸었다. 이번에도 휘는 받지 않았다. 휘 아빠는 계속해서 전화했다.

마침내 휘가 받았다.

"어디야?"

"극장이에요. 단편 애니메이션 특별전을 하고 있어요."

"지금 당장 이쪽으로 와!"

"아직 봐야 할 작품들이 많이 남았어요. 할 얘기가 있으면 아빠가 극장으로 오세요."

휘가 전화를 끊었다.

휘 아빠는 운전대를 손바닥으로 탕 치고 액셀을 거칠게 밟았다. 속도를 감지할 새도 없이 차는 돌진했다.

극장 로비에 들어서자 휘가 아빠를 기다리고 있었다. 휘 아빠는 최대한 화를 내지 않고 침착하려 애썼지만 입가가 경련을 일으키듯 떨렸다.

"당장, 글 내리고, 해명 글 올려. 예고자살은 단순한 장난이었다고 해. 혹시라도 따라 하는 아이들이 단 한 명이라도 있어선 안 된다고."

"장난 같아 보였어요?"

"뭐?"

"장난으로 예고자살 같은 걸 올릴 만큼 제가 생각이 없는 줄 아세요?"

"어쨌든 내려."

"못 내리죠. 저도 내뱉은 말에 책임을 져야죠."

"이 녀석이!"

"제가 물으면 안 될 걸 물었어요? 누구나 답을 듣고 싶은 질문을 했어요. 그런데 아무도 대답을 안 해요. 누가 해결책을 내놓으라고 했어요? 일단 질문에 답을 하라는 거예요. 이렇게 무시하지 말고요!"

휘 아빠는 얼굴을 손바닥으로 쓸었다. 천천히 심호흡을 한 다음 휘를 향해 몸을 돌렸다.

"어리석고 무모한 짓이야. 네 질문에 답을 할 사람은 없어."

"그럼 어쩔 수 없죠. 영화 보다 중간에 나왔어요. 들어가서 마저 볼게요."

휘는 다시 극장 안으로 들어가 버렸다.

집으로 돌아온 휘 아빠는 휘의 방으로 들어갔다. 책상 위에 놓인 휘의 노트북을 열었다. 만화 캐릭터 배경 화면에 비밀번호를 입력하라는 창이 떴다.

휘 아빠는 휘의 생일을 입력했다.

로그인 실패.

휘 아빠는 다른 예상 가능한 비밀번호를 입력해 보려 했지만 떠오르는 게 없었다. 손가락은 자판 위 허공에서 꿈틀거릴 뿐이었다.

"휘에 대해 아는 게 없지?"

휘 엄마가 서재로 들어오며 말했다.

휘 아빠는 얼굴이 붉어졌다.

"암호가 휘 생일뿐이겠어? 좋아하는 만화가 이름이나 작품 제목일 수도 있어. 휘에게 의미 있는 어떤 숫자나 단어일 수도 있고. 근데 뭐 하나 아는 게 없지?"

"지금은 날 비난할 때가 아니잖아? 일단 막아야지."

휘 아빠는 서재로 가서 녹화된 시시티브이 영상 속에서 휘가 노트북을 켤 때 비번을 입력하는 장면을 찾았다.

"어차피 확대해도 해상도 깨져서 안 보여. 그거 말고 이거나 좀 봐. 휘가 그린 만화 한 번도 본 적 없지? 한 번 봐봐. 휘가 어떤 생각을 하면서 사는 아이인지…… 뭘 좋아하고 뭘 꿈꾸는 앤지…… 이걸 보면 느낌이 좀 올 거야. 휘는 보기보다 생각이 깊고 정의감이 넘치는 아이야. 휘가 만든 캐릭터에서 그게 보여."

"지금 이럴 때가 아니잖아?"

"비번 알아내서 SNS에 올린 글을 맘대로 지우면 그걸로 문제가 해결될 것 같아? 휘하고 평생 안 보고 살 거야?"

휘 아빠는 그제야 정신이 퍼뜩 났다. 일단 휘를 막아야 한다는 조급함으로 뒷일을 생각하지 않았다.

"당신이 진지하게 고려해 줬으면 해."

휘 엄마가 명함 하나를 내밀었다.

"이게 뭐야?"

"휘의 마음을 돌리고 싶으면 로펌 그만두고 거기 가서 일해. 가난하고 억울한 사람들을 위해 일하는 변호사 사무실이야. 드라마에나 나올 법한 정의로운 변호사 사무실이지."

"나보고 이 밑바닥으로 내려가라고?"

"휘가 어릴 때는 아빠가 세상에서 제일 멋진 변호사라고 친구들에게 자랑하고 다녔어. 근데 지금은 아냐. 왠 줄 알아?

아빠가 한 번도 멋진 모습을 보여 준 적이 없거든. 그러니까 이젠 보여 줘. 휘가 혹할 만큼 멋진 모습을."

"당신 갑자기 왜 이래?"

휘 아빠는 명함을 구겨서 휴지통에 던졌다.

그러자 휘 엄마가 말했다.

"당신 할 수 있어?"

"뭘?"

"당신이 그렇게 싫어하는 장 회장 찾아가서 무릎 꿇고 충성을 맹세할 수 있냐고. 그러면 당신이 원하는 걸 더 많이 가질 수 있겠지. 어때? 그것도 싫지? 싫은 일은 죽어도 못 하겠지? 휘가 지금 이러는 것도 당신 닮아서야. 싫은 건 죽어도 못 하는 아이라고. 그러니까 좀 따뜻하게 대해 주면 안 돼? 애가 오죽하면 그러겠어?"

휘 아빠의 눈빛이 흔들렸다.

자신을 닮아서라니.

한번도 멋진 모습을 보여 준 적이 없어서라니.

틀린 말은 아니었다.

멋진 변호사의 모습을 보여 줘서 휘가 닮고 싶게 만들려면 아예 방법이 없는 것도 아니었다. 휘 아빠는 당장 해야 할 일이 떠올랐다.

이른 아침 휘 아빠는 골프장 클럽 하우스 앞에 차를 대고 앉아 누군가를 지켜보고 있었다. 트렁크에서 골프 가방을 내리는 운전기사 옆에서 호탕하게 웃고 있는 남자는 규철이 아빠, 장 회장이었다.

휘 아빠는 차에서 내려 장 회장에게 다가갔다.

"안녕하십니까?"

휘 아빠는 인사를 하며 명함을 내밀었다. 장 회장은 입술을 삐죽 내밀고 명함을 힐끗 보더니 "변호사? 로펌 변호사가 이런 데서 영업도 하나?" 하면서 무시하고 가려고 했다.

"아이들 일로 골치 아프셨을 겁니다."

휘 아빠가 말하자 장 회장이 돌아봤다.

"아, 저는 휘 아빠입니다. 아, 모르시는군요. 그럼 진구는 아시죠? 아드님과 사고가 좀 있었던……"

장 회장은 이자가 무슨 꿍꿍이지? 하는 얼굴로 눈살을 찌푸렸다.

"아이들 일로 화가 몹시 나셨더군요. 치킨집 아들에게 합의금까지 요구하시고 소년원에 보내 버리겠다고 위협도 하시고."

"용건이 뭡니까?"

장 회장이 심드렁한 표정으로 물었다.

"이제부턴 본인 일로 골치가 좀 아프실 겁니다."

휘 아빠가 서류 봉투를 내밀었다.

장 회장이 불편한 얼굴로 봉투를 받아들었다. 안에 들어 있는 두툼한 서류를 꺼내 대충 훑어보던 장 회장 안색이 하얗게 변했다.

"이게 무슨 수작이지?"

"아이들 일은 없었던 걸로 하시고 무엇보다 사과를 좀 해주셔야겠습니다. 사모님과 아이까지 함께 말입니다."

"뭐, 뭐라고?"

장 회장의 얼굴이 붉어졌다.

"제가 물고 늘어지면 회장님도 감당하기 버거우실 겁니다. 그러니 간단하게 사과로 끝내시죠?"

휘 아빠는 그렇게 말하고 차로 돌아왔다.

차창 밖으로 장 회장이 서류 봉투를 운전기사에게 집어 던지고 불같이 화내는 모습이 보였다.

뼈다귀해장국집에는 손님이 바글바글했다. 진구 엄마는 행주로 테이블을 닦고 주방에서 나온 해장국 그릇을 날랐다.

손목이 욱신거렸다.

텔레비전에 규철이 아빠가 나와서 젊잖은 얼굴로 젊잖은 소리를 해대고 있었다. 저 풍요로워 보이는 얼굴 뒤에 숨은 위선과 폭력을 어떻게 해야 폭로할 수 있을까? 어떻게 해야 사과를 받아낼 수 있을까?

아무리 생각해도 방법이 떠오르지 않았다. 그래서 손목보다 마음이 더 아팠다. 지친 몸과 마음을 추스르고 다시 항의하러 갈 생각이었지만 그때는 오지 않을 것 같았다.

그때였다.

텔레비전에 나오던 규철이 아빠가 해장국집으로 들어서고 있었다. 뒤에는 몹시 마땅치 않은 듯 인상을 찡그린 규철이 엄마가 따라와 머뭇거리고 있었다. 옆에는 대놓고 인상을 쓰고 있는 규철이가 있었다.

진구 엄마는 얼음처럼 굳었다.

저 인간들이 왜?

밥 먹으러 온 건 아닌 게 분명했다. 식당 안의 냄새조차 역겹다는 듯 주변을 찡그린 시선으로 훑고 있는 규철이 엄마를 보면 알 수 있다.

규철이 아빠가 신발을 벗고 마루가 깔린 홀로 들어섰다. 이어서 아내와 아들을 다그쳐 식당 안으로 불러들였다.

그들은 진구 엄마 앞에 나란히 섰다.

"너무 늦게 찾아뵙습니다. 아이들 일로…… 상심을 드려서 죄송합니다. 모두 아들을 제대로 키우지 못한 제 불찰입니다."

진구 엄마는 이게 무슨 일인가 어리둥절했다.

"뭐 해? 얼른 사과하지 않고?"

규철이 아빠가 재촉하자 규철이 엄마가 머리를 숙였다.

"죄, 죄송해요."

"너도!"

규철이 아빠가 규철이 뒷목을 잡아 눌렀다. 규철이는 그 힘에 눌려 고개를 숙인 채 외워 두었던 말을 내뱉었다.

"잘못했습니다."

이어서 셋은 나란히 허리를 숙여 진구 엄마에게 사과했다. 진구 엄마는 입술을 깨물었다. 이건 기쁜 일인가? 여전히 모욕적인 일인가? 아무튼 사과를 받았으니 된 건가? 그게 아닌가? 그런데 도대체 어떻게 이런 일이 있을 수 있지?

진구 엄마는 아무리 생각해도 알 수가 없었다.

그냥 마음이 울컥했다. 눈물이 날 것만 같았다.

그 시간 휘는 가게 밖에서 그 모습을 지켜보고 있었다. 누가 봐도 진심이 아닌 게 뻔히 보이는 사과였지만 그것만으로도 휘는 놀랐다.

휘 아빠가 옆에서 말했다.

"진구와 진구 아빠에게도 따로 사과하러 갈 거야."

"어, 어떻게 한 거예요?"

"일단 싸우기로 작정하면 방법은 얼마든지 있어. 상대의

약점을 파고들 수도 있고, 더 큰 떡고물을 던져줄 수도 있고…… 아빠가 힘 있는 법조인이기 때문에 가능한 일이지."

휘는 처음으로 아빠가 말하는 힘이라는 것을 떠올렸다. 그건 잘만 사용하면 꽤 근사한 것인지도 모른다.

"그러니까 그 방법이 구체적으로 뭐냐고요?"

"궁금하면 이쪽으로 오든가."

휘는 아빠를 다시 돌아봤다. '와'가 아니라 '오든가'였다. 그건 명령이 아니라 제안이었다. 아빠가 그런 식의 말을 쓰는 건 처음이었다.

"아빠가 바빠서 너에 대해 무신경했던 점은 사과하마."

"네?"

휘는 아빠의 태도 변화에 어리둥절했다. 하지만 유효기간이 언제까지인지 알 수 없었다. 전에도 몇 번 이런 일이 있었다. 휘에게 다정한 표정으로 다가왔지만 오래가지 않았다. 아빠는 참았던 화를 더 크게 폭발했다.

"아무튼 진구 일을 도와주셔서 고마워요."

휘는 아빠에게 인사했다. '처음부터 그래 주었다면 더 좋았겠지만'이라는 말은 굳이 덧붙이지 않았다.

늦은 밤, 휘는 잠깐 와 보라는 아빠의 문자를 받고 서재로 갔다. 아빠는 놀랍게도 휘의 만화 원고를 보고 있었다. 공모전에 미완의 원고를 보내고 뒤를 이어 그리던 것이었다.

놀란 휘는 본능적으로 얼어붙었다.

아빠가 만화 원고를 책상 위에 내려놓고 손가락을 깍지 긴 채 애써 부드러운 목소리로 말했다.

"정말로 궁금해서 물어보는 건데 이 정도 그림으로도 만화가가 될 수는 있는 거냐? 아빠 때는 이런 그림으로 만화가를 하겠다면 미쳤다는 소릴 들었다."

"요즘은 그림 잘 못 그리는 만화가도 많아요."

"스토리가 좋으면 된다?"

"네."

"그래? 아무튼 이걸 보니 네가 무슨 생각을 하고 사는지 조금은 알 것 같더구나. 엄마 말대로 정의감이 흘러넘쳐. 세상에 대한 관심도 많고……."

"갑자기 왜 이러세요?"

"네 질문에 대한 답이 될까 해서 책을 좀 사 왔다. 『시장경제와 자본주의』, 『한국의 공교육과 사교육』, 이 정도만 읽어도 대충 답이 보일 거야."

"책을 읽으라구요?"

"질문에 대한 답을 사람한테서만 들으란 법은 없어. 그리고 네가 질문한 사람들이 그 답을 해 줄 수 있다고 생각하지도 않고."

"왜요?"

"자기들도 모르니까. 한 일도 별로 없으니까. 관심도 없으니까!"

휘는 모처럼 아빠와 대화다운 대화를 한다는 느낌이 들었다. 하지만 섣불리 마음을 열 수는 없었다. 아빠는 늘 언제 터질지 모르는 시한폭탄이었다.

"아빠가 제안 하나 할까? 변호사가 주인공인 만화를 그려 보는 건 어때?"

"네?"

휘는 깜짝 놀랐다. 그건 만화를 해도 좋다는 뜻인가? 아니면 이걸 미끼로 변호사에 대한 꿈을 가지라는 의도인가?

"자, 아빠가 이 정도 양보했으면 이제 너도 하나는 양보해야 하지 않을까?"

"양보요?"

"SNS에 올린 글, 예고자살 글. 그거 지워."

휘는 역시 예감이 맞았다는 생각이 들었다. 아빠의 목적은 하나. 글을 지우는 것이었다. 그것 때문에 지금 연기를 하고 있는 것이다.

"아빠가 만화 주인공 같은 변호사가 되는 건 어때요? 정의롭고 멋진 변호사 말이에요."

"글을 내리지 못하겠다는 거냐?"

"저 혼자 결정할 수 있는 게 아니니까요."

휘의 말에 아빠의 표정이 굳어졌다. 하지만 아직은 더 참고 기다려 줄 수 있다는 듯 천천히 고개를 끄덕였다. 화를 내지도 않았다. 그저 날카로운 눈으로 바라볼 뿐이었다.

휘가 나가자 휘 아빠는 어디론가 전화를 걸었다.

검사로 일하던 시절 친분이 있었던 경찰서 강력반 반장이 전화를 받았다. 휘 아빠는 휘의 상황을 설명하고 젊고 발 빠른 형사 한 사람을 휘에게 붙여 달라는 부탁을 했다. 반장은 곤란했지만 거절하지 않았다. 그가 자기를 도와준 사람은 반드시 챙기고 적이 되면 철저히 밟는 인물이라는 걸 알았기 때문이었다.

제발 그만 좀 해

진구 아빠는 닭에 튀김 옷을 입히다가 멍하니 생각에 잠겼다. 진구는 아빠가 왜 저러나 하고 쳐다봤다.

"진구야. 오늘 학교 갔다 왔다. SNS에 올린 글 말이야. 그거…… 빨리 내리라고 하더라."

"아빠 말투 참 웃겨. 내려라가 아니라 내리라고 하더라야?"

"그게 뭐?"

"아빠 생각은 없고 전달만 하는 거잖아?"

"그런가?"

아빠는 슬쩍 진구의 눈치를 살폈다.

"아빠 이제 내 눈치도 보네? 회사 눈치, 엄마 눈치, 집주인

눈치, 학교 눈치…… 그러다 이젠 나까지.”

진구 아빠는 어깨가 삐죽 나올 정도로 고개를 푹 숙였다.

“내려야 하지 않겠니?”

“그거 못 내려.”

“용을 써도 안 되는 건 안 되는 거야. 교장 선생님도 무척 화났어. 담임 선생님도 곤란해지셨고. 휘 아버지도 폭발 직전인 것 같더라.”

그런 아빠를 불쌍한 강아지 보듯 바라보던 진구는 손을 뻗어 아빠의 손등을 덮었다. 그리고 간절한 눈빛으로 말했다.

“아빠, 우리가 물어보면 안 될 걸 물어본 거야? 아니잖아? 그냥 너무 답답해서, 숨 막혀 죽을 것 같아서…… 우리 생각을 말하고 어떻게 생각하느냐고 물어본 것뿐이야. 근데 아무도 대답을 안 해. 우리가 당장 뭘 어떻게 해 달라는 것도 아닌데…… 우리 같은 건 그냥 죽든지 말든지 맘대로 하라는 건가? 예고자살! 우리가 뭐 그런 거 하고 싶어 했겠어?”

“아무튼 센 놈하고 붙어서 이기는 법은 없다.”

“제발! 그 소리 좀 그만 좀 해. 그래, 아빠 말대로 이길 수 없을지도 몰라. 하지만 센 놈들한테도 상처를 줄 수는 있잖아.”

“뭐?”

“규철이 자식들 말이야. 전하고 달라졌어. 내가 형광등으로 한번 후려치고 난 후부턴 슬슬 내 주위를 어슬렁거리면서 말로만 겁을 줘."

진구가 까만 비닐봉지를 집어 들더니 거칠게 숨을 몰아쉬었다. 그러다가 봉지를 들어 머리에 뒤집어썼다.

"뭐 하는 거야?"

"아빠. 내가 말을 안 해서 그렇지 이거 볼 때마다 얼마나 심장이 벌렁벌렁했는지 알아? 이젠 도망치지 않을 거야. 무서운 것들과 맞설 거야. 센 놈들도 겁 많아. 그래서 더 센 척하는 건지도 몰라. 그러니까 이 까만 봉지가 안 무서워질 때까지…… 이젠 절대로 물러서지 않을 거야."

진구가 숨을 쉬며 말을 할 때마다 까만 봉지가 부풀었다 오그라들었다. 진구 아빠는 허겁지겁 봉지를 벗기고 손에 움켜쥔 채 깊은 한숨을 내쉬었다.

청계천 악기 도매 상가에 불빛이 밝았다. 진구 아빠는 악기점 안으로 들어갔다.

"네가 웬일이냐?"

악기점 주인은 진구 아빠의 대학 동창이었다. 한때는 아마추어 밴드를 함께한 사이이기도 했다.

"나 말야. 오랜만에 이거 한 번만 쳐 봐도 돼?"

진구 아빠가 말했다.

"안 될 거 없지."

진구 아빠는 스틱을 잡고 드럼 앞에 앉았다.

쿵쿵 탁탁, 쿵쿵 탁탁-

쿵쿵쿵쿵-

타타타탁-

쿵타탁 쿵타탁 쿵쿵타타타타 쿵타라라라 췡―

진구 아빠의 손놀림이 점점 빨라졌다. 20여 년 만에 잡아 보는 스틱이었다. 제멋에 겨워, 제 흥에 취해, 진구 아빠는 눈을 감고 미친 듯이 쳐 댔다.

소리가 점점 커졌다.

옆 가게의 주인들이 슬며시 다가왔다. 소리가 점점 커지자 인상을 찌푸렸다.

"뭐야?"

"냅둬."

친구가 손가락을 입에 대며 말했다.

"시끄럽잖아."

"그래도 냅둬."

친구는 옆 가게 주인들의 등을 떠밀어 돌려보냈다. 귀를 막고 인상을 찡그리는 사람들, 기타를 멘 청년들이 킥킥 웃으며 지나갔다.

진구 아빠는 미친 듯이 소리를 지르며 드럼을 쳐 댔다. 마침내 스틱이 날아가고 진구 아빠는 드럼에 무너지듯 얼굴을 박았다.

진구 아빠의 어깨가 흔들렸다.

울고 있었다.

잠시 후 진구 아빠는 드럼 앞에서 내려왔다. 친구가 주는 물을 마셨다.

"나 비겁하지?"

"뭐, 용감하진 않지."

친구가 말했다.

"나 밴드 계속하고 싶었다. 근데 남자는 처자식 벌어먹여야 한다고 우리 아버지가 취직하라고 해서 취직했다. 20년 동안 죽어라 일만 했다. 그러다 잘리고…… 노조 활동도 끝까지 싸우지 못하고 도망쳤다. 치킨집 하면서도 집주인이 뭐라 하면 도망치고…… 마누라한테서도 도망치고 자식한테서도 도망쳤다. 쪽팔리게."

"알아."

"쪽팔려."

"다들 쪽팔리게 살아."

"아무리 쪽팔려도 나 같은 짓은 안 하겠지. 그래도 명색이 노조 간부였는데…… 빚 갚아 주고 가게 하나 차려 준다는 말에 넘어가서…… 회사 꼬붕 노릇은 안 하겠지."

"너 그럼 그 가게 차린 게……?"

"그래, 뒷돈 받고 시키는 대로 했다."

"……."

"빚 갚고 살길도 마련했는데 마누라는 안 돌아오더라."

"에이, 젠장……."

"이제 알았어? 나 그런 놈이야. 그러니까 자식 놈 몸뚱이가 푸르딩딩 피멍이 든 걸 보고도 모른 척했지. 때린 놈 부모가 너무나 대단하고 엄청나서…… 붙어 봐야 나만 깨질 게 뻔하니까 그냥 이대로 졸업할 때까지만 버티자고 생각했다. 근데 그놈이 그런다. 계속 도망만 치면 마지막은 옥상에서 뛰어내리는 것밖에 없다고."

내내 악기를 닦고 있던 친구의 손이 멈췄다. 뭐라고 할 말이 없는 먹먹한 표정으로 옛 친구를 바라볼 뿐이었다.

진구 아빠는 휘청휘청 걸었다. 전에 다니던 오디오 공장 정문이 보였다. 아직도 해고자 복직 투쟁이 계속되고 있었다. 현수막과 깃발들, 천막들이 즐비했다. 앞에는 여러 대의 버스와 경찰들이 진을 치고 있었다. 스피커에선 파업가가 흘러나오고 있었다. 진구 아빠는 천막 쪽으로 휘청휘청 걸어갔다. 진구 아빠를 알아본 노조 간부가 막아섰다.

"왜 왔어? 배신 때리고 도망친 인간이?"

"미안하네."

"꺼져."

"미안하네."

진구 아빠는 스피커에 연결된 앰프의 노래를 껐다. 그리고 자기 휴대폰의 잭을 연결했다.

> 내가 처음 너를 만났을 때 너는 작은 소녀였고
> 머리엔 제비꽃 너는 웃으며 내게 말했지
> 아주 멀리 새처럼 날으고 싶어 음~음~

〈제비꽃〉이었다. 흘러나오는 노래에 노조 간부가 당황했다. 지쳐서 쓰러져 있던 사람이 몸을 일으켰다. 기대 있던 사람도 고개를 들었다.

진구 아빠는 마치 평화로운 강가를 거니는 소년처럼 휘청휘청 걸어서 진을 치고 있는 경찰 병력 쪽으로 다가갔다.

경찰도 당황했다. '이건 뭐지?' 하는 표정이었다. 진구 아빠는 경찰 간부의 코앞에 얼굴을 들이대고 말했다.

"너희들은 왜 아직도 여기 있나?"

"……"

"노조랑 회사랑 싸움이 붙으면 너희는 누구 편을 들어야 하냐? 누구 편도 들면 안 되지? 우리도 국민이고 쟤네도 국민이니까. 근데 왜 너희들은 쟤네 편만 드냐? 응? 무섭게!"

"⋯⋯."

"왜 맨날 곤봉 들고 방패 들고 겁주고 우리만 잡아가냐?
응? 무섭게!"

"⋯⋯."

"왜 가는 데마다 따라다니면서 패냐? 무섭게! 내가 두더지
냐? 그것도 모자라 이젠 자식까지 패냐? 무섭게!"

"⋯⋯."

"이젠 제발 그만 좀 해!!"

진구 아빠가 목구멍이 뒤집힐 정도로 크게 소리쳤다. 악을
썼다. 그 모습을 꾹 참고 지켜보고 있던 경찰 간부가 무전기
를 들고 말했다.

"끌어내!"

경찰들이 진구 아빠의 사지를 붙잡아 끌고 나갔다. 진구
아빠는 절규하듯 소리쳤다.

"힘세면 다야? 두들겨 패면 다냐고! 너희들 때문에 자식
얼굴을 똑바로 못 보겠다. 쪽팔려서 못 살겠다! 우리도 좀 살
자! 이 나쁜 자식들아!"

자정이 훨씬 지난 시간, 치킨집 문이 열렸다. 진구는 테이블
에 앉아 졸다가 벌떡 일어났다. 아빠가 흐트러진 모습으로 들

어섰다. 코피 자국, 찢기고 늘어진 옷, 다리도 약간 절룩였다.

"아, 아빠!"

"진구야."

"누구한테 맞았어?"

"응. 근데…… 맞기만 한 건 아냐."

"?"

"아빠도 같이 패 줬어."

"!"

진구 아빠가 울먹이는 얼굴로 웃었다. 그리고 손에 든 까만 비닐봉지를 내밀었다. 귤이었다.

"아빠도 이젠 달라질 거야. 결심했어. 이젠 누가 때리면 그냥 맞고만 있진 않을 거야. 아빠 잘못이 아닌 일로 바보처럼 얻어터지지 않을 거야."

진구는 아빠의 모습이 낯설기만 했다. 내일이면 무너질 결심이라도 아빠가 이런 말을 하는 건 처음이었다.

아빠가 불쑥 드럼 스틱을 꺼냈다. 마치 쌍칼처럼 스틱 두 개를 X자로 들더니 스테인리스 조리대를 탕 쳤다.

탕, 타탕, 타타타타타 타타탕.

진구 아빠가 드럼을 치듯 스틱을 현란하게 움직였다. 소리가 점점 커지고 박자가 빨라지면서 아빠 얼굴도 빨갛게 달아올랐다.

아빠가 마지막 박자를 치고 스틱을 손가락으로 빙글빙글 멋지게 돌렸다. 그리고 진구는 단 한 번도 본 적 없던 환한 얼굴로 말했다.

"너도 이젠 누가 때리면…… 북처럼 소리를 내! 아빠도 그럴 테니까!"

진구의 입가에 천천히 미소가 번지기 시작했다.

진구가 교무실로 들어가자 선생님들의 시선이 진구에게 쏠렸다. 진구는 싸늘한 시선을 의식하며 담임 선생님 책상으로 갔다.

담임은 진구를 데리고 상담실로 갔다.

문까지 잠그고 자리에 앉아 한참을 머뭇거리던 담임은 진구의 손을 덥석 잡았다.

진구는 당황스러웠다.

담임의 눈빛은 초조했다. 입술은 바짝 타들어갔다. 살도 쪽 빠져서 볼이 움푹 팬 것 같았다.

진구는 규철이 패거리에게 괴롭힘을 당할 때마다 외면했던 담임의 옆얼굴이 떠올랐다. 보고도 못 본 척 시선을 회피하던 그 얼굴.

우리 학교엔 학폭 같은 거 없지? 중얼거리던 입술.

진구가 당할 때마다 멀어져 가던 뒷모습.

그의 손에 들려 있던 수첩.

그런 담임이 지금은 간절한 눈빛으로 호소하고 있었다.

"제발, 부탁이야. 글 내리자. 진구야."

진구는 문득 담임이 불쌍하다는 생각이 들었다. 그에게 무슨 힘이 있겠는가? 규철이 패거리와 무슨 수로 싸우겠는가? 하지만 선생님이잖은가? 경찰은 흉기를 든 범죄자와 싸우고 소방관은 불과 싸운다. 의사는 질병과 싸우고 교사는 학교를 망가뜨리는 불의와 싸워야 한다.

"저 혼자 결정할 수 없어요."

"그럼 의논해. 의논하고…… 하루라도 빨리 내리는 걸로 하자. 응? 약속할 수 있지? 선생님은 너만 믿는다."

진구는 말없이 일어나 고개 숙여 인사를 하고 상담실을 나왔다.

진구가 치킨 가게에 왔을 때 아빠는 웅크리고 앉아 넋 나간 표정을 하고 있었다. 테이블 위에 놓인 봉투가 보였다.

"이거 뭐야?"

"규철이 아빠…… 그 집 운전기사가 놓고 갔다."

"왜?"

"사과는 네 엄마한테 한 걸로 충분하지 않냐고…… 이걸로 우리한테도 사과한 걸로 쳐달라고 하더라……."

"뭐?"

진구는 어이가 없었다.

엄마한테 규철이네가 사과를 하러 왔었다는 전화를 받았다. 엄마는 그 어정쩡한 사과에 대해서 어떻게 생각해야 좋겠느냐고 물었다. 진구는 아직 모르겠다고 했다. 아빠와 자기에게도 찾아오면 그때 보고 판단하겠다고 했다.

그런데 사과 대신 돈 봉투라니!

아빠는 그걸 또 받아 놓고 고민 중이라니!

"아빠, 이걸 받으면 어떡해?"

진구는 자기도 모르게 소리를 질렀다.

"……아빠도 고민 많이 했어. 근데 가게도 새로 구해야 하고 돈 들어갈 일이 많아. 현실은 현실이니까…… 그러니까 이 정도면 그 집에서도 최선을 다한 거 아니겠니?"

아빠의 말에 진구는 헛웃음이 나왔다.

그러면 그렇지.

아빠의 용기는 하루짜리였다. 순간의 감정이 격해져서 부려 본 오기일 뿐이었다. 금방 이렇게 꼬리를 내릴 거면서. 희망을 느꼈던 자기가 한심했다.

"돌려줘."

진구가 말하는 순간 가게 유리창을 박살 내며 벽돌 하나가 날아왔다.

벽돌은 벽을 때리고 튀김기로 떨어졌다.

뜨거운 기름이 튀었다.

진구와 아빠는 서로 몸을 부둥켜안은 채 몸을 숙였다.

이건 뭐지?

서서히 몸을 일으킨 진구는 깨진 유리창 밖으로 규철이와 그 패거리가 서 있는 모습을 발견했다.

진구는 부들부들 치를 떨며 가게 밖으로 나갔다.

규철이가 서늘한 눈빛으로 진구에게 말했다.

"그래 내가 던졌다. 어쩔래?"

"진짜……."

"응, 그렇게 계속 까불어 봐. 난 계속할 거야. 어차피 난 우리 아빠 말 안 듣거든."

진구는 입술을 깨물었다.

"사과할 일 또 만들어라."

규철이 패거리는 경고의 눈빛을 날리며 재밌다는 듯 낄낄거리며 가버렸다.

진구가 다시 가게로 들어왔을 때 아빠는 깨진 유리창을 말없이 쓸고 있었다.

으아아아아악!

진구의 입에서 울음 같은 비명이 터져 나왔다.

우듬지와 뿌리

예나 엄마는 아침 일찍 청소년수련관 문을 열었다. 제일 먼저 2층 동아리 방으로 올라가 다섯 개의 방을 차례로 확인했다. 독서 토론팀 방은 먼지 하나 없이 깨끗하게 정리해 놓은 상태였다. 연극반은 과자 부스러기를 치우지 않고 그냥 가 버렸다. 밴드부는 늘 그렇듯 캔 음료와 페트병, 떡볶이와 튀김을 담았던 비닐봉지, 기름에 젖은 종이 따위를 아무렇게나 버려두고 갔다.

누구든지 와서 쓰라고 비워 둔 방이 제일 문제였다. 바닥에 담배꽁초와 구석에 소주병이 뒹굴고 있었다. 예나 엄마는 눈을 질끈 감고 심호흡을 했다. 빗자루를 들고 청소를 시작했다. 탁자 밑에 캡슐 약을 꺼낸 포장재가 떨어져 있었다. 코 감기약 종류였다. 많이 먹으면 일종의 환각 증상을 느낄 수 있는 약품이었다. 예나 엄마는 빗자루를 내던지고 벽에 기대섰다. 마음이 한없이 무너져 내렸다.

'망할 녀석들!'

오후의 햇살이 뜨거웠다. 창문 밖으로 바람에 흔들리는 나무가 보였다. 예나 엄마는 마당으로 나갔다.

나무 아래 벤치에 앉았다.

얼굴이 화끈거렸다.

벌써 갱년기인가?

예나 엄마는 고개를 저었다. 그럴 리가. 이건 부끄러움 때문이다. 가장 소중한 딸에게 치부를 들킨 부끄러움.

얼굴이 더욱 화끈거렸다.

이건 뻔뻔함 때문이다. 가장 소중한 딸이 스스로 망가지려 하는데 자기 욕심만 밀어붙이고 있는 뻔뻔함. 무의식이 그걸 알고 있는 거다.

예나 엄마는 깊은 한숨을 내쉬었다.

어쩌다 이렇게 된 걸까?

애초에 결핍을 안고 태어난 아이들, 성장이 더디고, 형편 없는 부모 밑에서 가정교육도 못 받고 자란 아이들, 폭력과 방임에 노출된 아이들. 그 아이들을 돌보는 것이야말로 세상에서 가장 의미 있는 일이라고 생각했던 날들이 주마등처럼 스쳐 갔다.

태어날 때부터 잡초인 아이들을 돌보자. 태어날 때부터 꽃으로 태어난 아이들에 못지않게 모두가 행복한 세상을 만들자.

그녀는 온 힘을 다해 아이들을 돌봐 왔다. 그런데 언제부턴가 마음의 열정이 식었다.

이 아이들에겐 답이 없다!

아이들이 행복한 세상, 그런 거대한 꿈은 애초에 이루어질 수 없는 환상 같은 것이었다. 겉으로는 더불어 사는 삶, 경쟁보다 상생의 가치를 외쳤지만 그녀 안에서 꿈틀거리며 자라나는 회의와 욕심은 어쩔 수 없었다.

나무 뿌리를 보라, 나무를 위해 아무런 영광도 없이 일하는 뿌리야말로 소중한 존재다, 그렇게 말해 왔지만 진실은 어둡고 습한 땅속에서 생을 마감하는 것이 뿌리의 운명이다.

예나만큼은 뿌리가 아니라 열매 맺는 가지가 되기를 원했다. 꼭대기에서 햇살을 받고 바람을 맞으며 우아하게 살아가는 우듬지가 되기를 바랐다.

하지만 그런 속마음을 드러낼 순 없었다. 그동안 해 온 말과 행동이 있는데 어떻게 그럴 수 있겠는가? 예나 엄마는 자기도 모르게 가면을 썼다. 공적으로는 여전히 의미 있고 아름다운 말과 행동을 했다. 하지만 예나에게는 전혀 다른 것을 원했다.

예나는 엄마를 위선자라고 생각했을 것이다. 그래서 엄마를 시험하고, 자기가 상담하는 아이가 딸이라는 것조차 눈치채지 못한 엄마에게 진절머리를 쳤을 것이다. 그래서 예고자살 같은 끔찍한 일을 꾸몄고 눈이 안 보인다는 가짜 병까지 만들었을 것이다.

어떡하든 막아야 한다.

예나가 이런 식으로 망가지게 둘 순 없다.

하지만, 어떻게?

예고자살 날짜가 다가오고 있었다. '치기 어린 행동이겠지, 설마 어쩌겠어?' 하는 마음이었지만 가슴이 조마조마했다. 그 치기가 언제 어떻게 끝날지는 아무도 모르는 일이었다.

예나 엄마는 늦은 밤 국회의사당을 찾아갔다. 학생 시절, 사랑과 존경 그 사이 어딘가의 감정을 품었던 선배를 만나기 위해서였다.

젊은 날 예나 엄마는 청소년의 교육을 통해서, 박 선배는 정치를 통해서 세상을 바꿔 보자며 의기투합했었다.

그는 국회의원 보좌관으로 일하고 있었고 아직도 꿈을 포기하지 않았다. 그런 박 선배라면 자기가 모시는 의원에게 부탁해서 아이들이 원하는 답변을 얻어낼 수 있지 않을까? 7월

14일 이전에 어떤 형태로든 답을 해 줘야 아이들의 섣부른 행동을 막을 수 있을 것이다.

예나 엄마는 의원실이 있는 건물로 들어갔다.

"어, 미안한데 조금만 기다려 줄래?"

전화 속의 박 선배 목소리는 싸늘했다. 몹시 바쁘고, 정신 없고, 하필 이럴 때 찾아왔느냐는 무언의 질타가 섞여 있는 듯했다.

휴게실에서 한참을 기다린 예나 엄마는 정말로 잘못 찾아 온 게 아닐까 하는 불길한 예감이 들었다.

더 기다려야 하나? 그냥 돌아가야 하나?

그때 서류 뭉치를 잔뜩 든 박 선배가 허겁지겁 뛰어왔다. 까만 수염 자국, 늘어진 셔츠, 피곤에 찌든 얼굴이었다.

"뭐, 마실래?"

"아니. 바쁜데 찾아와서 미안해. 부탁이 있어."

숨 돌릴 틈도 없이 예나 엄마는 최대한 짧게 예나의 상황을 설명했다. 그 와중에 박 선배는 세 번이나 전화를 받았다.

"네, 금방 됩니다. 네, 의원님. 죄송합니다."

"아, 그건…… 아, 그게…… 확실히 알아보겠습니다. 아, 잠깐만요."

박 선배는 전화기를 턱에 낀 채 수첩을 뒤지다가 펜을 떨어뜨리고, 서류 뭉치를 쏟았다. 땀을 삐질삐질 흘렸다.

예나 엄마는 펜을 줍고 서류를 챙겨 주며 확실히 잘못 찾아왔다는 생각이 들었다. 그래서 자리에서 일어났다.

"바쁜데 찾아와서 미안해."

"내가 미안하지. 근데 한가할 때 찾아와도 마찬가지였을 거야. 도움을 줄 수 없을 것 같아. 우리 의원님 성향이 좀 그래……."

"……그래?"

예나 엄마는 박 선배를 다시 한번 뚫어지게 봤다. 이 사람, 많이 피폐해졌구나. 변했구나. 꿈은 핑계고 지금은 그냥 생활인이 다 되었구나. 예나가 나를 보며 이런 감정을 느꼈겠구나 싶었다.

"나, 한심하지?"

박 선배가 자조적인 미소를 지으며 말했다.

"글쎄?"

박 선배는 잠시 말할까 말까 망설이는 듯 예나 엄마를 보다가 에라, 모르겠다 하는 투로 입을 열었다.

"너 예전에 자주 하던 말 있잖아? 모든 아이들이 행복한 세상을 만들고 싶다던…… 그 세상에 네 딸도 있니?"

"뭐라고?"

"네가 어떻게 살고 있는지 대충 소식 들었어. 넌 딸의 행복을 원한다고 생각하겠지만 어쩌면 아닐 수도 있지 않을까?"

"!"

"아, 미안하다. 내가 선을 넘었네."

박 선배가 어깨를 툭 치고는 다시 서류 뭉치와 전화를 들고 허겁지겁 달려갔다. 예나 엄마는 그의 뒷모습을 한참 동안 바라보았다.

또 얼굴이 화끈거렸다.

늦은 밤, 예나 엄마는 식탁에 앉았다. 식탁 위의 조명이 무대 위의 핀 조명처럼 떨어졌다.

예나 엄마는 편지를 썼다.

예나에게.

무슨 말을 어떻게 해야 할지 모르겠어.

그때 일은 없던 것처럼 넘어가려 했지만 그건 안 되겠지?

무조건…… 엄마가 잘못했어.

톡으로 그렇게 많은 얘기를 했으면서 그게 너인 줄도 몰랐어.

엄마가 얼마나 실망스럽고 미웠을까?

하지만 그때 한 말이 다 위선은 아냐. 진심이었고 네가 어둠에서 벗어나길 바랐어.

이번 일을 계기로 엄마의 삶을 돌아봤어.

모든 아이들이 행복해지는 세상을 원한다고 했지만 그건 위선이었어.

엄만 이제 그런 꿈을 꾸지 않아. 모든 아이들을 사랑하지도 않아. 그러면서도 가면을 쓰고 살았어.

전에도 말했지만 이젠 가면 따윈 벗어던질 거야.

솔직하게 살 거야.

그동안 엄마가 했던 모든 말은 잊어. 그건 꿈 같은 말이었어.

현실을 모르는 어리석은 말이었어.

엄만 너만 행복하면 돼.

그러니 제발 부탁이야. 엄마를 용서해 줘.

그리고 엄마를 믿고 따라와 줘.

청소년수련관은 그만둘 생각이야.

사직서도 써 뒀어.

예나 엄마는 사직서와 함께 편지를 식탁 위에 올려놓았다. 예나가 보고 제발 마음을 알아주기를 바라면서.

예나 엄마는 몇 번이나 편지를 돌아보다가 불을 끄고 방으로 들어갔다. 눈을 감아도 잠이 오지 않았다.

예나가 방에서 나오는 기척이 들리는지 살피느라 온 신경이 집중되었다. 그러다가 잠이 들었고 이른 새벽 눈을 떴다.

예나 엄마는 입술이 말랐다. 식탁 위의 편지를 예나가 봤을까? 봤다면 뭐라고 답을 했을까? 답을 하긴 했을까?

예나 엄마는 방문을 열고 나갔다. 식탁으로 가는 몇 걸음이 형장으로 향하는 사형수라도 된 것 같은 심정이었다.

예나 엄마는 기도하는 마음으로 불을 켰다. 편지 위에 메모가 적혀 있었다. 예나 엄마는 떨리는 손으로 편지를 집어 들었다.

예나의 답이 적혀 있었다.

엄마가 썼던 가면. 그거 꽤 멋졌어.

그러니까 벗지 마. 그 가면 자체가 되어 줘.

첫 마음으로 돌아가 줘.

예나 엄마는 온몸의 힘이 쭉 빠졌다.

청소년수련관은 하루 종일 아이들이 드나들었다. 예나 엄마는 아침부터 미열과 근육통으로 시달렸다. 약국에서 감기약을 사서 먹고 책상에 앉았다. 약기운이 돌자 정신이 몽롱해지고 졸음이 쏟아졌다.

책상에 엎드려 있는데 아이들의 목소리가 유난히 크게 들렸다. 시끄럽고 정신 사나웠다.

첫 마음.

첫 마음으로 돌아가 보자.

모든 아이가 행복해지는 세상.

그런데 아이들이 웃고 떠드는 소리가 점점 더 크게 들렸다. 웃음소리. 알아듣기 힘든 빠른 목소리와 그 안에 섞여 있는 욕들. 심히 마음에 거슬렸다.

"선생님, 괜찮으세요? 어디 아파요?"

서현이가 어깨를 가볍게 두드리며 물었다.

"으응? 응. 괜찮아."

서현이는 예나와 동갑인 아이였다. 늘 싹싹하고 예의 바르고 다정한 아이. 서현이는 걱정스러운 눈빛으로 보다가 어딘가로 전화를 걸었다.

"지금 집이라고? 아직도 자고 있었어?"

연극반 아이들의 연습이 있는 날이었다. 서현이는 늘 먼저 와서 연습 준비를 하고 늦게 오는 아이들에게 일일이 전화를 건다. 와야 할 아이가 집에서 자고 있는 모양이었다. 화도 내지 않고 얼른 오라고 재촉한 다음, 또 다른 아이에게 전화를 한다. 그 와중에 수련관 선생님들의 책상을 정리하고 있다. 성실한 아이다. 예나 엄마는 서현이를 좋아했다. 수련관에 오는 아이들을 볼 때마다 제발 저렇게만 자라주길 바랐다.

하지만 지금 예나 엄마의 눈에 비친 서현이는 안타까운 아이일 뿐이다. 성실하고 똑똑하고 다정하지만 늘 손해만 보는 아이. 졸업 후 사회인이 되어 최저임금이나 겨우 맞춰 줄까 말까 한 일을 참 열심히도 하겠지. 착하고 싹싹한 알바라는 칭찬이나 겨우 들으면서.

그런 생각을 하고 있을 때 또 누군가 다가와 무어라 중얼거린다. 하율이다. 목소리도 작고 발음이 어눌한 아이. 뭐라고 말을 하는지 도통 알아듣기가 힘들다. 하율이는 서랍을 열고 미니 사진 인화기를 꺼내서 가져가도 되냐고 묻는다.

"응."

고개를 끄덕여 준다.

하율이를 보며 예나 엄마는 또 생각한다. 가정형편도 어렵고, 대학은 어림도 없고, 말도 어눌하고, 나중에 저 아이의 미래는 어떻게 될까?

"관장님, 수현이가 속초 갔다는데 어떡하죠?"

수련관 선생님이 와서 걱정스러운 얼굴로 말한다.

"속초?"

"네, 명환이가 바이크 생겼다고 뒤에 타고 무작정 갔대요. 언제 올지 모른다고 기다리지 말랬다는데……."

"하……."

명환이는 오토바이 절도 이력이 있는 아이다. 학교 폭력으로 징계도 받았다. 태도도 불량하다. 그런 아이를 좋다고 따라간 수현이는 할머니와 둘이 산다.

"별일 없겠죠?"

선생님의 걱정을 듣는 동안 예나 엄마는 발밑에 떨어져 있는 사직서를 발견했다. 잠결에 흘린 모양이었다. 그런데 발자국이 찍혀 있었다. 누가 밟았을까? 그게 누군들 중요한가? 예나 말대로 다시 한번 초심으로 돌아갈 수 있을까 고민했던 시간이 아까웠다.

이젠 정말 그만둘 때가 된 거다.

나는 이 아이들을 더는 사랑할 수 없다. 예나 하나만 돌보기도 벅차다. 그래, 마음 독하게 먹자. 솔직해지자.

사직서를 내고 집으로 돌아온 예나 엄마는 예나를 불러 앉혔다. 그리고 단기간에 성적을 올려준다는 스파르타식 기숙학원 안내문을 내밀었다.

예나는 미동도 없이 눈으로만 그것을 봤다.

"이게 뭐야?"

"네 미래."

"뭐?"

"너 거기 넣어 놓고 악착같이 돈 벌 거야. 악착같이 벌어서 네 뒷바라지할 거야. 교사든 의사든 변호사든 남들이 부러워하는 직업 갖게 만들 거야. 넌 나중에 잘돼서 갚아. 아니, 안 갚아도 돼. 너만 보란 듯이 잘살면 돼. 엄마 미워하고 인연 끊고 산다고 해도 괜찮아. 그러니까 그때까지는 딴생각하지 말고 공부만 해."

"엄마?"

"자식 자랑하는 친구들 보면 부럽고 질투 나. 그럴듯한 말로 고상한 척하면서 더는 못 살겠어."

예나 엄마는 예나 손을 꽉 잡았다.

"엄마가 널 너무 느슨하게 키웠어. 세상이 호락호락하지 않다는 것부터 가르쳐야 했는데……."

예나는 자리에서 벌떡 일어났다. 엄마의 태도에 진절머리가 난다는 듯 자기 방으로 가 버렸다.

쾅 문이 닫혔다.

예나 엄마는 쫓아가 문을 두들겼다.

"어리광 부리지 마. 안 받아 줄 거야. 꿈이 없어? 하고 싶은 게 없어? 그럼 정신 바짝 차리게 해 줄게. 문 열어!"

사람을 살리는 일이니까

늦은 밤 휘는 아파트 근처 편의점에 갔다. 컵라면에 뜨거운 물을 붓고 창가 자리로 가서 앉았다. 컵라면이 익기를 기다리며 창밖을 보았다.

가로등 불빛 아래 김 형사가 보였다.

휘를 감시하라고 아빠가 붙여 놓은 사람이었다. 김 형사는 휘의 주변을 맴돌며 휘가 누구를 만나고 무엇을 하는지 기록했다. 휘가 감정적으로 격해져서 돌발행동이라도 하면 총알같이 튀어나와 막으려는 것이다.

휘는 김 형사의 눈빛이 참 묘하다고 생각했다.

범죄자를 노려보는 매의 눈빛 같으면서도 그 안에 어딘가 동생을 보는 눈빛, 혹은 철없는 아이를 보는 눈빛 같은 느낌이 있었다.

"아, 모르겠다."

휘는 김 형사가 걸어 다니는 시시티브이라고 생각하기로 했다. 그래서 가끔 눈이 마주치면 손을 흔들어 주었다.

휘가 학교 앞 공원에서 무료 캐리커처를 그려 주겠다고 앉아 있을 때 김 형사는 근처에서 휘를 지켜보고 있었다.

캐리커처 손님은 없었기에 휘는 김 형사를 그렸다. 김 형사도 그걸 알고 있는지 많이 움직이지 않았다.

휘는 가방에서 접이식 미니 낚시 의자를 꺼내 김 형사에게 다가갔다. 의자를 펼쳐서 탁탁 치며 앉으라고 했다.

"다리 아프잖아요?"

이어서 이어폰도 귀에 꽂아 주었다.

"심심할까 봐."

휘는 다시 자기 자리로 가서 앉아 김 형사의 캐리커처를 그렸다.

"캐리커처는 빨리 그리는 거 아니냐? 뭐 이렇게 느려?"

김 형사가 휘 앞으로 다가왔다. 휘가 그린 그림을 보고 고개를 절레절레 흔들었다. 별로라는 뜻이었다.

학교 수업이 끝난 오후, 휘는 학원 앞에서 걸음을 멈췄다.

학원에 굳이 가야 할 필요를 못 느꼈다.

휘는 돌아서서 발길 닿는 대로 걸었다. 뒤를 돌아보니 역시 김 형사가 따라오고 있었다. 휘는 걸음을 멈췄다가 뒷걸음질로 김 형사 옆에 나란히 섰다. 둘은 다시 나란히 걸었다.

"근데 이거 불법 아니에요?"

"뭐가?"

"미행하고 감시하는 거."

"적법하진 않지."

"안 부끄러우세요?"

"뭐가?"

"아저씨가 이러는 거 아빠 부탁 때문이잖아요? 나 같으면 열 받을 것 같은데…… 더럽고 치사하다 욕 나올 거 같은데?"

"전혀."

"아, 부끄러움을 모르는 편이시구나?"

"부탁은 반장님이 받았고 난 반장님 지시대로 움직이는 거야. 늘 하던 일에 비하면 편하고 좋다."

"만화로 치면 조연 3쯤 되는 캐릭터네."

"별 볼 일 없다는 뜻이냐?"

"그죠."

"상관없어. 어쨌든 사람 살리는 일이잖아?"

김 형사는 그렇게 말하고 계속 걸어갔다. 나란히 걷던 휘가 걸음을 멈췄다. 둘의 간격이 제법 벌어졌다.

김 형사는 걸음을 멈추고 휘를 돌아보았다. 휘는 다시 반대로 걸었다.

휘는 교실 창가에 앉아 장대비가 쏟아지는 운동장을 바라보았다. 우산을 쓴 김 형사가 운동장에 우두커니 서 있었다.

수업이 끝나고 휘는 1층 현관에 섰다. 우산은 없었고 빗줄기는 아까보다 더 굵어졌다. 그냥 뛰려고 하는데 김 형사가 불쑥 우산을 내밀었다.

"아저씨는요?"

"가방 젖잖아."

"가방이 아니라 이 속에 들어 있는 만화 원고가 젖을까 봐 걱정해 주는 거죠?"

김 형사는 대답하지 않았다.

휘는 우산을 들고 김 형사와 나눠 쓴 채 걸었다.

"쪽팔리지?"

"뭐가요?"

"SNS 예고자살, 그땐 진짜 그럴 생각이었겠지만…… 지금은 생각이 달라졌을 텐데? 사람 감정이라는 게 그렇잖아?"

휘는 대답하지 않았다.

"좀 쪽팔리겠지만 그런 약속은 안 지켜도 돼."

"지킬 건데요?"

"꼭 그래야겠냐?"

"네."

"하지 마라."

"왜요?"

"인생은 원래 답이 없거든. 그냥 자기가 걸어가는 길이 답이거든."

휘는 김 형사를 빤히 쳐다봤다.

"왜? 이런 말 하니까 내가 좀 멋있냐?"

휘는 고개를 설레설레 저었다.

장대비가 점점 굵어졌다. 장마가 시작되고 있었다.

7월 13일 밤 11시 55분.

휘와 진구 예나는 햄버거집에 앉아 각자의 휴대폰을 뚫어지게 보고 있었다. 정각 12시가 되자 각자의 메일함과 메시지를 뒤졌다. 기다렸던 소식은 없었다. 그들은 포털로 들어가 검색했다. 예고자살에 대한 답변을 찾았다. 뉴스, 칼럼, 블로그 어디에도 답변이라고 할 만한 것은 없었다.

"없어."

"이건 뭐야?"

포털이 아닌 커뮤니티 사이트 게시판에 예고자살에 대한

글이 보였다.

예고자살 한다던 애들 7월 14일, 오늘 아님?

└ 정말 할까?

└ 겁나서 후퇴할 것 같음.

└ 개인 멜로 답변 받았으면 안 할 수도…….

└ 증거 제출하라고 해야지.

└ 언제 어디서 어떻게 할 건지 아는 님들 공유 바람.

└ 동반 자살 준비한 애들도 많다던데…….

└ 방법 공유 바람.

휘와 진구 예나를 서로의 얼굴을 바라보았다. 셋의 눈동자는 이제 어떡할 거냐고 묻고 있었다.

"할 거냐?"

"답변 없었잖아."

"그치."

셋은 다시 침묵했다.

"세 달 동안 어땠어? 생각이 변한 사람?"

"변할 뻔했지."

"나도."

셋은 다시 침묵했다.

"우리가 시작한 일…… 마무리 짓자."

"어떻게?"

"내가 구상한 게 있어."

휘가 만화 아이디어 수첩을 꺼내 펜을 들고 슥슥 무언가를 그려 가며 설명하기 시작했다. 진구와 예나는 머리를 모으고 휘의 설명을 들었다.

한참 뒤 셋은 햄버거 가게를 나와 손을 흔들고 뿔뿔이 흩어졌다.

휘가 단지 앞을 걸어갈 때였다.

김 형사가 차를 세워 놓고 밖에 서서 기다리고 있었다. 휘는 까딱 목례로 아는 체를 하고 지나쳐 가려 했다.

"휘!"

김 형사가 다가오더니 눈 깜짝할 새에 수갑을 꺼내 휘의 손목에 채웠다. 휘가 소스라치게 놀랐다.

"미안하다."

김 형사는 휘를 조수석에 태우더니 나머지 수갑 한쪽을 손잡이에 채웠다. 그리고 운전석에 와서 앉았다.

"이거 풀어요. 어서요."

"안 돼. 오늘이 그날이잖아. 이제부턴 24시간 네 옆에 붙어 있을 거야. 바보 같은 짓 하게 내버려둘 수 없다."

"이거 납치예요. 형사가 이래도 돼요?"

"널 지키는 일이야."

김 형사는 화가 좀 난 것 같았다. 숨을 고르다가 갑자기 셔츠를 걷어 올리더니 배에 지렁이처럼 나 있는 흉터를 보여 주었다. 휘는 움찔했다.

"범인 잡다가 칼 맞은 흉터야. 폐를 잘라냈어. 그래서 숨이 차서 제대로 뛰지도 못해. 그때 나도 죽고 싶었다. 근데 안 죽었어. 이렇게 멀쩡하게 살아서 경찰 하고 있어. 물론 현장은 못 뛰어. 대신 회계 업무만 본다. 웃기지?"

"회, 회계요?"

"너 손가락 다쳤다고 만화 못 해? 어차피 그림도 별로던데 만화 쪽 다른 분야도 있잖아? 번역이라든가…… 마케팅이라든가……."

휘는 고개를 푹 숙였다.

"아, 네, 네. 좋은 의견 감사합니다. 근데 이건 좀 풀어 줘요. 나도 내가 저지른 일에 대해서 마무리는 해야겠어요."

"내일 풀어 줄게."

김 형사가 시트를 뒤로 넘기고 느긋한 자세를 취했다.

"오, 오줌 마려워요."

"거기 페트병 있다."

휘는 전전긍긍, 수갑을 채운 손목을 잡아당겨 보았지만 손목만 조여 올 뿐이었다.

그때 차창에 규철이 얼굴이 불쑥 나타났다.

규철이와 패거리가 양쪽에서 유리창에 얼굴을 대고 안을 살폈다. 그러더니 운전석 문을 열고 팔짱을 끼고 누워 있는 김 형사를 잡아당겼다.

"헉!"

김 형사가 바닥으로 끌려 나오자 규철이 패거리가 발로 밟기 시작했다. 기습 공격을 당한 김 형사는 꼼짝없이 사지를 붙잡혔다.

"너, 너희들 이게 무슨 짓이야? 이거 공무 집행 방해야."

"아, 우린 촉법소년이거든요? 참. 생일 지나서 이젠 아닌가? 그래도 우린 빽이 있거든요."

규철이가 김 형사의 주머니를 뒤져 수갑 열쇠를 찾아냈다. 이어서 휘의 수갑을 풀었다.

휘는 당혹스러웠다.

"……왜?"

"왜 널 돕냐고? 재밌는 구경을 놓칠 순 없잖아? 너 죽는 거 꼭 보고 싶거든. 아, 진구와 예나도 함께지?"

휘는 일단 김 형사로부터 벗어나기로 했다. 뒤도 안 돌아보고 뛰었다. 규철이 패거리는 김 형사의 사지를 붙잡고 깔고 앉은 채 키득거렸다.

왼손은 살아 있다

어두운 학교는 적막했다.

휘와 진구, 예나는 운동장을 가로지르며 나란히 걸었다.

계단을 올라 옥상 문을 열고 나갔다.

진구가 옥상 문에 자전거 자물쇠 세 개를 걸어 잠갔다.

옥상 한가운데 선 휘는 주위를 둘러보았다. 세 달 전 여기서 예나와 진구를 만나 밤을 지새웠던 날이 떠올랐다.

진구는 옥상 구석에서 낡고 부서진 책상과 의자를 가져와 기다란 테이블을 만들었다. 예나는 삼각대를 펼쳐 휴대폰을 설치했다. 휘는 휴대폰의 라이트를 켜서 조명을 만들었다.

휘는 시계를 보았다.

7월 14일 자정으로부터 한 시간이 지난 새벽 1시였다.

셋은 미리 준비해 온 전구소년 가면을 쓰고 테이블에 앉았다. 동그란 전구 모양 가운데 필라멘트가 그려져 있었고 얼굴 표정은 보이지 않았다.

휘는 삼각대에 설치한 휴대폰으로 유튜브 라이브를 켰다.

"예고자살, 전구소년 라이브를 시작합니다."

경찰서 주차장으로 김 형사의 차가 거칠게 달려와 멈췄다. 김 형사는 휘가 중계하는 유튜브 라이브가 나오는 휴대폰을 들고 뛰어들어갔다.

강력반으로 달려간 김 형사는 반장에게 소리쳤다.

"반장님, 애들이 기어코 사고를 쳤어요. 빨리 막아야 합니다."

반장은 김 형사가 내미는 유튜브 라이브 화면을 봤다. 전구소년 가면을 쓴 세 아이가 테이블에 앉아서 화면을 응시하고 있었다. 그 분위기가 사뭇 기괴하기도 하고 무섭기도 했다. 이 녀석들, 진짜 저지르려는구나 싶었다.

"젠장! 여기 어디야?"

반장이 화면을 보며 벌컥 소리쳤다.

"아직 파악이 안 됩니다."

그때 휘의 아빠가 급히 뛰어 들어왔다. 휘를 놓친 김 형사를 한번 노려본 다음 들고 온 휘의 노트북을 반장에게 내밀었다.

"노트북 암호 풀 수 있을까요?"

"가능은 하겠지만…… 시간이 부족합니다."

김 형사가 안절부절못하는 사이 반장이 서장에게 전화했다. 하지만 서장은 전화를 받지 않았다.

"젠장, 왜 전화를 안 받아?"

반장이 짜증을 내자 김 형사는 형사들을 지휘하기 시작했다.

"통신사에 연락해서 애들 위치 파악해. 유튜브에도 협조 요청해. 에어백 준비하고 스카이차도 대기 시켜! 위치 파악되는 대로 출동한다!"

휘와 진구 예나는 전구소년 가면을 쓴 채 화면을 응시하고 있었다. 라이브 참가자 숫자가 계속 올라갔다.

휘가 말했다.

"여러분 지금은 7월 14일, 1시 50분입니다. 우리는 간절한 마음으로 우리의 질문에 대한 답을 기다렸습니다. 하지만 답은…… 예상대로 오지 않았습니다. 우리는 철저히 무시당했습니다. 저는 만화가가 꿈이지만 변호사인 아빠는 허락하지 않았습니다. 무조건 법조인이 되라고 했습니다. 저는 아빠가 훌륭한 사람이라고 생각합니다. 정의롭고 멋진 변호사는 아니지만 그렇다고 비굴하거나 나쁜 변호사도 아니거든요. 하지만 저는 아빠를 닮아서인지 싫은 일은 죽어도 못 하는 성격입니다. 아빠와 다투다가 손가락을 다쳤어요. 회복은 더디고 이러다간 만화를 영영 못 그리게 될 것 같은 불안감에 죽고 싶다는 마음이 들었습니다. 그래서 학교 옥상에 올라갔습니다. 그리고 같은 날 같은 장소에서 저처럼 죽고 싶어 하는 두 친구를 만났습니다."

담임 선생님은 자기 방 침대에서 벌떡 일어났다. 손에 꽉 쥔 휴대폰에서 휘가 말하고 있었다.

아이들이 앉아 있는 책상과 배경이 너무나 낯익었다. 학교 옥상이었다.

담임은 급히 교장에게 전화했다.

한참 만에 교장이 자다 깬 목소리로 전화를 받았다.

"교장 선생님, 큰일 났어요. 지금 아이들이 우리 학교 옥상에서⋯⋯."

담임은 통화를 하면서 방에서 뛰어나갔다. 현관문에서 발이 걸려 넘어졌지만 아픈 줄도 몰랐다.

휘에 이어서 예나가 자기 이야기를 시작했다.

"제가 죽고 싶었던 이유는 가면을 쓴 엄마 때문이었어요.

엄마는 존경받을 만한 분이었어요. 하지만 지금은 지쳤죠. 딸을 사랑한다면서 딸을 고통 속으로 몰고 가려 해요. 욕심을 버리지 못해요. 전 그게 너무 슬프고 괴로웠어요."

이어서 진구가 말했다.

"저는 학교 폭력의 희생자였습니다. 저만 그런 게 아니라 우리 아빠도 그래요. 늘 얻어맞고 당하면서 눈치만 봤어요. 비굴했어요. 저는 참을 수 없었습니다. 피해자가 가해자가 되는 세상에서 더는 살고 싶지 않았습니다."

다시 휘가 말했다.

"우리는 그날 밤 약속했습니다. 죽을 때 죽더라도 세 달만 더 살아보고 죽자고 말입니다. 그리고 잠시나마 우리는 행복을 느꼈습니다. 그리고 우리는 탑 위의 그분에게 질문했습니다. 우리가 행복해지기 위해서 무엇을 했는지, 무엇을 할 것인지 물었습니다. 우리의 질문에 답을 하지 않는다면 죽겠다고 했습니다. 우리는 어떤 답도 듣지 못했습니다. 그래서 우리는 다시 이렇게 모였습니다. 죽기로 약속한 순간이니까요."

댓글 창에 글들이 빠르게 올라갔다.

ㄴ 죽어라!

ㄴ 죽어 버려!

ㄴ 세상에 빅엿을 날려!

ㄴ 우리도 준비됐다…….

"학교 옥상이라구요?"

담임의 전화를 받은 김 형사가 외쳤다.

"서둘러! 출동!"

형사들이 우르르 뛰어나갈 때 기삿거리를 찾아 경찰서에 상주하던 사회부 송 기자가 선배의 어깨를 툭 쳤다.

"우리도 가야죠."

그러나 누군가와 통화를 하던 선배 기자가 카메라와 가방을 챙기고 다른 쪽으로 뛰며 말했다.

"넌 그쪽으로 가. 난 이쪽."

"네?"

"아이돌 톱스타 마약 사건이 클릭 수가 훨씬 많지. 이따 보자. 수고해."

송 기자는 어이없어 혀를 차며 학교로 달려가는 경찰들을 따라갔다.

24시 해장국집 앞으로 배달 오토바이가 달려왔다. 진구 아빠는 휴대폰을 두 손으로 움켜쥐고 해장국집 안으로 뛰어 들어갔다.

"진구 엄마! 진구가…… 진구가……!"

학교 운동장으로 경찰차가 사이렌을 울리며 달려왔다. 이어서 구급차와 소방차가 따라왔다. 출동한 경찰들은 옥상 아래쪽에 에어백을 설치했다.

김 형사와 반장은 건물 내부 계단을 따라 옥상으로 뛰어 올라갔다.

철문이 잠겨 있었다.

"절단기!"

김 형사가 절단기로 문을 따려는 순간 전화벨이 울렸다. 휘였다.

"멈춰요. 강제로 열면 뛰어내릴 거예요."

김 형사는 동작을 멈추고 반장에게 고개를 저었다. 반장이 발로 벽을 찼다.

운동장엔 휘 아빠와 예나 엄마, 진구 아빠와 엄마, 그리고 담임과 교장, 학교 선생님들, 그리고 구경하러 온 사람들로 북적댔다. 제복의 경찰들이 저지선을 만들어 차단했다. 규철이와 패거리들도 몰려와 구경하고 섰다.

휘가 계속해서 말했다.

"그동안 우리는 작은 기쁨도 누렸습니다. 어른들의 변화도 있었어요. 아빠는 제 만화를 읽어 주었고 억울한 친구를 위해 사과를 받아 주기도 했습니다."

진구가 말했다.

"아빠가 잠시나마 용기를 내 주었죠. 맞지만 말고, 맞으면 소리를 내는 북이 되라는 말도 해 주었습니다."

예나가 말했다.

"엄마는 첫 마음을 잃지 말아 달라는 제 부탁을 듣고 고민해 주었죠."

다시 휘가 말했다.

"하지만 모두 잠시뿐이었습니다. 우리의 자살을 막으려고…… 우리를 이해하는 척했을 뿐이었죠. 다시 원래대로 돌아갔어요. 거대한 벽이 되었고 비굴한 겁쟁이가 되었고 우리를 닦달하며 욕심을 감추지 않았습니다. 그래서 우리는 결심했습니다."

ㄴ 말이 많다.

ㄴ 약속 뒤집으려는 거 아냐?

댓글 창에 자살을 재촉하는 댓글들이 점점 더 빠른 속도로 올라가고 있었다. 동시 접속자 수도 계속 늘어났다.

같은 시각, 국회의원과 함께 자동차를 타고 이동 중이던 박 선배는 유튜브 화면을 의원의 눈앞에 내밀었다.

"의원님, 제발 부탁입니다. 지금이라도 의원님이 답을 해주세요. 무슨 말이든 좋습니다. 애들을 좀 달래 주세요."

의원은 지그시 몸을 기댄 채 실눈을 뜨고 화면을 보다가 혀를 차며 고개를 돌렸다.

"내가 왜? 투표권도 없는 십 대잖아? 자칫 잘못 끼어들었다가 사고라도 나면?"

"의원님!"

박 선배는 버럭 소리쳤다.

"신경 꺼. 철부지 애들이 하는 짓이야. 자살? 아무나 하나. 어리광 부리는 거야."

"제발! 한 마디라도 해 주세요."

"이 사람이? 저리 치워."

의원이 박 선배의 손을 쳤다. 휴대폰이 바닥에 떨어졌다. 박 선배는 순간 눈이 뒤집혔다.

"그 눈빛 뭐야?"

"늘 해 주고 싶은 말이 있었어. 당신은…… 쓰레기야!"

박 선배는 차에서 내렸다.

거친 숨을 몰아쉬다가 아이들이 있는 학교 쪽을 향해 달리기 시작했다.

휘가 말했다.

"우리는 오늘…… 자살하지 않습니다."

댓글 창이 잠시 멈추더니 이어서 거친 말들이 주르륵 쏟아졌다.

┗ 약속 지켜라, 겁쟁이들!

┗ 죽어, 죽어 버려!

┗ 어서 뛰어내리라고! 우리도 준비됐다고!

휘는 계속해서 말했다.

"우리가 죽고 싶었던 이유는 행복해지고 싶어서라는 걸 알았습니다. 죽고 싶은 게 아니라 더 잘 살고 싶었던 거였어요. 그래서 우리는 결심했습니다. 행복은 우리가 찾겠다고요."

┗ 맞아. 죽긴 왜 죽어? 살아야지.

┗ '자살'을 거꾸로 하면 '살자'.

┗ 악착같이 살자. 나도 살고 싶어. 행복하게 잘 살고 싶어. 눈물 나네…….

┗ 평범한 어른인데 걱정돼서 지켜보다가 안심했어요. 학생들을 응원합니다. 잘 생각했어요. 정말 다행이에요.

┗ 나도 탑에 오르지 못한 지하실 어른이에요. 힘내요.

┗ 어른은 꺼져라.

휘의 아빠는 안도의 한숨을 내쉬었다. 휘 엄마도 아빠 옆에서 가슴을 쓸어내렸다. 진구 아빠는 울먹였다. 진구 엄마는 털썩 주저앉아 눈물을 쏟았다.

교장, 교감, 담임 선생님도 안도했다.

"죽으려는 건 아니었나 봐요. 다행입니다. 십년감수했습니다."

반장과 김 형사도 깊은 숨을 내쉬며 서로 고개를 끄덕였다. 이어서 김 형사가 무전기로 말했다.

"아직 안심하지 말고 계속 상황 주시하도록!"

"유튜브 측에서 연락 왔습니다. 지금 방송 정지시킬 수 있답니다."

다른 형사가 와서 말했다.

"끊을까요?"

"아니. 지금 끊으면 안 돼. 가짜 뉴스 퍼진다."

계속해서 휘가 말했다.

"우리가 쓴 이 가면은 전구소년입니다. 전구소년은 제가 그리는 만화 주인공이기도 합니다. 제가 영감을 받은 건 필라멘트였어요. 전구 속의 필라멘트는 얇고 가는 선이지만 2천 도가 넘는 고온에도 변형되지 않고 끊어지지도 않아요. 오히려 스스로의 저항값을 높여 가며 빛을 뿜어내고 어둠을 밝히죠. 저는 우리 모두가 전구 속의 필라멘트처럼 어떤 악조건 속에서도 끝까지 버텨 주기를 바랍니다. 내면의 저항값을 높여 주길 바라요. 노란 백열전구 하나가 어둠을 밀어내고 주변을 따뜻한 색으로 물들이듯…… 스스로 빛나고 아름답고 행복해지기를 바랍니다."

이어서 휘와 진구 예나는 서로에게 눈짓을 하고 가면을 벗었다. 가면 속에 감춰져 있던 셋의 얼굴이 환하게 웃고 있었다.

"지금까지의 나는 죽었습니다. 우리는 다시 태어났습니다. 이제는 우리 인생을 남에게 묻지 않겠습니다. 우리 스스로 답을 찾겠습니다!"

이어서 휘는 자기 손가락을 들어 보였다.

"그리고 저…… 왼손은 살아 있어요!"

휘는 만화 수첩을 들었다. 휴대폰 카메라 앞으로 가서 휘리릭 수첩을 넘겼다.

애니메이션 효과가 나타나는 그림이었다.

옥상에서 떨어지는 아이들. 그러나 바닥에 떨어지지 전에 날개가 돋아나는 아이들. 그 날개로 하늘 높이 솟아오르는 아이들의 모습이 펼쳐졌다. 그 아래 초원에는 무수히 많은 탑들이 쑥쑥 자라나기 시작했다.

전구소년 리부트

진구는 킥복싱 도장이 있는 건물에서 내려오다 규철이 패거리와 마주쳤다. 규철이는 진구가 나온 건물 2층의 킥복싱 간판을 보더니 피식 웃었다.

"이제부터라도 본격적으로 해보겠다는 거냐?"

"나 요즘 빵 만드는 거 배운다. 저녁에 우리 집에 올래? 카레빵 만들어 줄게."

"뭐?"

"아, 킥복싱 도장에 가긴 했어. 근데 바로 위층이 제빵학원이더라고. 그래서 거기 등록했다. 의외로 빵 만드는 게 재밌더라고. 참, 스트레스 해소에도 짱이다. 너희도 등록할래?"

"뭐, 뭐라고?"

"나 아무래도 요리에 소질이 있나 봐. 제빵 자격증 따면 중국요리, 한식요리사 자격증도 딸까 해. 나중에 일본에 가서 우동집 차리려고."

"저게 미쳤나?"

진구는 손에 들고 있던 검은 비닐봉지를 쑥 내밀었다. 규철이 패거리가 움찔했다. 검은 봉지와 진구를 번갈아 보았다.

"왜? 돌덩이라도 넣어서 휘두를까 봐? 아냐. 빵 들었어. 너희들 먹으라고!"

진구는 빵이 든 검은 비닐봉지를 규철에게 주고 실실 웃으며 걸어갔다. 규철이 패거리는 고개를 들어 킥복싱 도장 위의 제빵학원 간판을 보았다.

"쳇!"

여행사 직원이 교복 차림으로 들어온 예나를 반갑게 맞았다. 예나는 지갑 속의 돈을 모두 꺼내 여행사 직원에게 내밀며 말했다.

"이걸로 가장 멀리 갈 수 있는 나라가 어딜까요?"

여직원이 돈을 확인하고는 빙긋 웃었다.

"이 돈으로 멀리는 못 가겠는데?"

"일단 어디든 갈 거예요. 가는 게 중요하니까요. 첫 문을 열어야 두 번째 문을 열죠. 그리고 세 번째, 네 번째 문도요. 혹시 학교 담장에 넝쿨장미 핀 거 보셨어요? 담장 밖으로 마구 넘어오는 장미들 말이에요."

예나는 활짝 웃었다. 여행사 벽면의 거울에 비친 자기 얼굴이 마음에 들었다. 예나는 자기를 위해 더 활짝 웃어 주었다.

강본드가 늘어지게 하품을 하는 편집자 책상 위에 원고를 탁 올려놓았다. 편집자가 고개를 들었다.

"뭡니까?"

"보세요."

"이거…… 강 작가님 원고가 아닌데요? 가만 어디서 많이 본 것 같은데?"

편집자가 원고 앞면을 보았다. 휘의 이름이 적혀 있었다. 편집자가 벌떡 의자를 앞으로 당겼다.

"이거 전에 유튜브 예고자살…… 그 녀석이죠?"

"한번 읽어 보세요. 자기가 어떤 만화를 그려야 할지도 모르고 헤매던 녀석이에요. 그런데 벌써 뭔가 감을 잡은 것 같아요. 일단 보시면 뭔가 느낌이 올 거예요."

강본드가 편집자 어깨를 툭 치며 웃었다. 편집자가 마지못해 원고를 넘기기 시작했다.

"이건 뭐 우선 그림이 영…… 아닌데요?"

"아님 말고."

강본드가 손을 흔들며 출판사 사무실을 나갔다.

편집자는 원고를 대충 보다가 툭 던졌다. 비스듬히 앉아 있던 편집자의 눈에 펼쳐진 원고가 보였다. 가만히 곁눈질로 보던 편집자가 다시 몸을 일으켜 세웠다. 원고를 보면서 안경을 바꿔 쓰더니 차츰 정자세로 변했다. 이윽고 펜을 들고 표시를 하기 시작했다.

아침 식탁에 휘 엄마가 서류 봉투를 식탁 위에 내밀었다. 휘 아빠가 숟가락질을 멈추고 봉투를 봤다.

"뭐야?"

"그동안 당신 방식대로 살아 봤는데…… 이제 확실히 알았어."

휘 엄마가 차분하게 말했다.

"뭘?"

"이렇게 사는 거 하나도 재미없어. 전혀 즐겁지 않아. 당신 믿고 따라가다가는 결국 망할 것 같아."

"그래서?"

"전에 당신이 갔으면 했던 변호사 사무실 말이야. 나 거기 가기로 했어. 나 먼저 가서 기다리고 있을 테니까 당신도 따라오면 좋겠어. 그게 싫으면 이혼 서류에 도장 찍으면 돼."

휘 엄마는 그렇게 말하고 다시 밥을 먹기 시작했다. 휘 아빠는 당황해서 그대로 굳어 있었다.

로펌 사무실 로비에 한 여자가 안내 직원과 이야기하고 있었다.

"아무래도 잘못 찾아오신 것 같아요. 여기는 수임료도 엄청 비싸고요, 주로 대기업과 관련된 일을 해요. 개인적인 소송 건은 취급 안 해요."

여자의 행색은 남루했지만 눈빛만큼은 형형했다.

"개인적인 사건 아니에요. 대기업의 횡포와 싸워야 하는 소송이고요. 진실은 밝혀지고 정의는 이긴다는 것을 증명해야 하는 일이기도 해요. 여기 제대로 된 변호사 없어요?"

안내 직원이 보안 요원을 부르려고 버튼을 누르려는 순간, 휘 아빠가 지나가다가 걸음을 멈췄다. 잠시 생각하는 듯하더니 썩 내키지는 않지만 어쩔 수 없다는 듯 돌아섰다.

"저분, 내 방으로 안내해 줘요."

모니터 불빛이 휘의 얼굴을 파랗게 비추고 있었다. 휘는 턱을 만지며 자기가 쓴 원고를 읽었다.

전구소년 (깜휘 글)

전구소년 리부트

투명 인간의 보이지 않는 손에 얻어맞은 전구소년은 바닥에 쓰러졌다. 손가락 하나 움직일 힘이 없었다.

"겨우 4층에서 포기냐? 별 볼 일 없는 녀석! 하하하하!"

투명 인간의 웃음소리가 4층 탑 안을 가득 메웠다.

"포기라니…… 천만에!"

전구소년이 몸을 일으켰다. 그리고 투명 인간에게 들으란 듯 말했다.

"이제 우리가 널 잡을 거야."

"보이지도 않는 날? 어떻게?"

전구소년이 손가락으로 뒤쪽을 가리켰다. 계단에 쓰러져 나뒹굴고 있던 아이들이 힘겹게 다시 4층으로 올라오고 있었다.

"우리가 발 디딜 틈 없이 4층을 가득 메울 거야. 넌 보이지 않아도 실체는 있을 테니까. 네가 움직이면 누군가와는 반드시 부닥치겠지. 그때 우리가 널 잡을 거야."

계단에서 꾸역꾸역 아이들이 올라와 4층을 메우기 시작했다. 투명 인간은 아이들을 공격했다. 그러나 맞고 쓰러져도 다시 계단으로 내려가는 아이는 없었다. 새로운 도전자들까지 합세하여 4층 탑 안을 가득 채웠다.

"이런 젠장!"

투명 인간이 움직일 때마다 안을 가득 메운 아이들의 어깨를 치고 지나갔다.

"여기다!"

아이들은 투명 인간을 향해 손을 뻗었고, 얼마 지나지 않아 투명 인간은 아이들의 손에 붙들리고 말았다.

"이, 이건 규정 위반이야. 한 번 패한 자는 다시 올라올 수 없어. 그리고 위층으로 올라가는 것도 한 명뿐이다."

투명 인간이 소리쳤다.

"그런 규칙, 우리는 동의한 적 없어."

"뭐?"

"그리고 우린, 이런 말도 안 되는 탑에 더 이상 오르지 않을 거야."

전구소년은 창문으로 걸어가 창턱을 밟고 올라섰다.

"이제부터 나는 나만의 탑을 만들고 그 탑을 오를 거야."

전구소년은 창문 밖으로 몸을 던졌다. 하늘을 날듯 허공을 가르며 전구소년이 떨어졌다.

픽-

전구소년의 머리가 부서졌다.

깨진 전구 파편이 사방으로 튀었다. 그러나 전구의 필라멘트는 서서히 달아오르기 시작했다. 이윽고 필라멘트는 엄청나게 눈

왼손 마술사가 휘를 빤히 쳐다봤다. 휘는 다부진 눈빛으로 마술사와 마주 앉았다. 방금 마술 공연을 끝낸 후라 마술사는 분장도 지우지 못한 채였다.

"재활이 목적이냐?"

"마술을 배우면 손 훈련이 될 거예요. 그리고 이번엔 마술사를 소재로 만화도 그릴 거구요. 겸사겸사죠."

"그래서 제자로 받아 달라고?"

"마술 도중 사고로 오른손을 잃고도 좌절하지 않고 불굴의 의지로 재기한 마술사, 제가 존경할 만해요."

"수강료는?"

"얼만데요?"

"난 좀 비싸다."

"사무실 청소하면 얼마 깎아 주실래요?"

휘의 말에 왼손 마술사가 피식 웃었다.

휘는 호두알 같은 공 두 개를 왼손으로 조몰락거리면서 혼잣말처럼 말했다.

"마술사의 탑은 얼마나 높을까요?"

늦은 밤, 휘는 자기 방에서 왼손으로 만화를 그리고 있다가 전화를 받았다. 처음 보는 낯선 번호였다.

"네가 감휘니?"

"네."

"여기 출판사 편집부야. 네 만화 원고를 보다가 전화했어. 너랑 할 얘기가 좀 있을 것 같은데 우리 만날까?"

휘는 놀라서 벌떡 일어났다. 온몸의 세포가 살아나서 펄떡거리는 것 같았다. 가슴이 쿵쾅쿵쾅 뛰기 시작했다.

네 질문에 답할 수 있는
사람은 너뿐이야

저는 질문이 많은 아이였습니다. 어머니께 제 어린 시절을 물으면 "왜? 이건 뭐야? 저건 왜 그래?" 같은 말을 가장 많이 했다고 기억합니다.

질문이 많아서 호기심 많고 똑똑한 아이라고 생각하는 어른도 있지만 저를 곤혹스러운 아이로 여기는 사람도 많았습니다.

뭘 그런 걸 다 물어?

나도 몰라.

혹은 이게 정답이라고 하면서 자신 있게 답을 주려는 이도 있었지만 그건 개인적인 견해일 뿐이었습니다.

그래서 언제부턴가 저는 남에게 질문하기를 멈췄습니다.

어차피 답을 구할 수도 없을뿐더러 때로는 저의 질문이 상대방을 난처하게 하거나 화나게 하기도 한다는 걸 알았기 때문입니다.

그래서 저는 남에게 묻기보단 저만의 답을 찾기로 했습니다. 그 답을 찾아가는 과정을 즐기기로 했습니다.

이 소설을 쓰게 된 가장 큰 이유가 아닐까 생각합니다.

글을 쓰면서 생각했던 몇 가지 이미지가 있습니다.

학교 울타리 밖으로 쏟아지듯 넘어오는 붉은 장미들. 뿌리는 학교 안에 있는데 몸은 밖을 향하고 있다. 탈출!

어항 속에 몸이 뒤집힌 채 둥둥 떠 있는 까만 금붕어 한 마리. 그 옆에서 유유히 헤엄치는 빨간 금붕어들. 까만 금붕어는 왜 죽었을까? 추측 가능한 몇 가지 이유가 있겠지만 진실은 무엇일까?

하나의 문을 열고 나선 작은 아이. 아이 앞의 길은 좁고 구불구불한데 앞으로 갈수록 또 다른 문이 가로막혀 있다. 하나의 문을 열고 나가면 더 큰 문이 있다. 문이 커질수록 아이의 덩치도 커져서 가볍게 문을 열고 나아간다.

건물 옥상에서 추락하는 아이들. 땅에 떨어지기 직전에 날개가 돋아난다. 날개 달린 아이들은 푸른 하늘로 솟구쳐 오른다. 하얀 구름 위로 솟구친 아이들이 환하게 웃으며 자유롭게 비행한다.

어둠 속에 백열전구가 켜진다. 주변이 밝아진다. 2천 볼트의 고압을 이겨내며 스스로 빛을 뿜어내는 가느다란 필라멘트의 떨림. 그 빛이 사방으로 뻗어 나간다. 어둠이 물러나고 주변이 눈부시게 밝아진다.

누군가 이건 어떤 소설이냐고 묻는다면 저는 이렇게 답하겠습니다.

이 소설은 소중하고 아름다운 꿈에 대한 이야기이고 누구보다 삶을 사랑하는 청소년들의 이야기이며 우리를 억압하는 현실을 어떻게 돌파해 나가느냐 하는 삶의 태도에 대한 이야기입니다.

2023년 겨울
이병승

필라멘트

ⓒ이병승, 2024

초판 1쇄 발행 2024년 1월 15일

지은이 이병승
펴낸이 김혜선 **펴낸곳** 서유재 **등록** 제2015-000217호
주소 (우)04034 서울 마포구 잔다리로7길 18(서교동 377-20) 504호
전화 070-5135-1866 **팩스** 0505-116-1866 **대표메일** seoyujaebooks@gmail.com
종이 엔페이퍼 **인쇄** 성광인쇄

ISBN 979-11-89034-75-7 43810

이 책은 2014년 삶창에서 출간된 『전구소년』의 개정판입니다.